ISBN 9782810625109

Photo de couverture A.Meric : Glacier, vu de la vallée du Sanskar, Inde

Arnauld MERIC

Au jour le jour à travers un cancer

Préface d'Hubert et Camille REEVES

Préface

Ce petit livre est un grand livre.

Bien sûr, il s'adresse en priorité à ceux qui subissent une chimiothérapie. En quelques lignes et pour être passé par là, Arnauld MERIC leur donne une sorte de « mode d'emploi » ou de code de la route. Il déchiffre le parcours comme un explorateur en terrain inconnu.

Il est l'accompagnateur : celui qui efface ce sentiment de solitude que peut avoir un malade. Il sait, par exemple, que « les tensions du corps se résorbent, comme si les regarder avec un œil extérieur et lointain, attentif et compatissant, les faisait fondre».

Il sait aussi que « retrouver, régénérer sa santé prend du temps et que ce temps, il faut savoir le voler aux voleurs de temps, aux actions inutiles, brouillonnes et désordonnées ».

Mais ce livre ne s'adresse pas uniquement à ceux qui sont en chimio. Il s'adresse aussi à nous les «bien-portants». Car c'est un livre de sagesse. Il nous invite à entrer dans une sorte de cercle vertueux. Celui où l'on ne perd pas sa vie à la gagner. Celui où l'on peut enfin goûter à ces petites choses essentielles que sont un rayon de soleil, une belle lumière ou un ciel étoilé.

Véritable manuel de savoir vivre, il nous fait prendre conscience que ce n'est pas ce que l'on fait qui a du sens, mais la manière dont on le fait.

Je le répète : ce petit livre est un grand livre.

Hubert et Camille REEVES

« Le soleil vibre sur les herbes mouillées entre les bras de l'Ouanne. De part et d'autre les buses lancent leurs cris d'alerte.

Il faut sans doute beaucoup de solitude pour que la création soit authentique et peut-être un peu de malheur, ou beaucoup de joie. Car finalement, l'un et l'autre peuvent aller ensemble.

C'est quand le non-vouloir prend les commandes que l'expression sort, juste comme une note accordée ».

A.M.

A Christine,

pour son soutien sans faille,

plein de courage et d'amour.

Avant-propos

Je viens de passer mes 56 ans. Cette année aura été l'une des plus difficiles et des plus positives en même temps. Comme toute vie sans doute, ma vie a été marquée jusqu'à présent par un certain nombre de crises, de ces périodes où l'on est profondément déstabilisé par des événements extérieurs. Elles n'ont été souvent que l'écho d'un besoin intérieur de changement et en ont finalement apporté le côté positif : déstabilisations professionnelles, amenant d'intéressants rebondissements, un divorce menant à la reconstruction d'un foyer. Peut-être une manière d'échapper à un destin trop tracé, en tout cas à une ligne trop pré-écrite, par une formation prestigieuse, un nom qui fleure bon la noblesse d'antan, des métiers très parisiens et un peu élitistes, des lieux d'habitation recherchés ; mais, quelque part, un désir authentique de ne jamais être prisonnier de tout cela.

Les crises dont je viens de parler, ainsi que celle que je vais relater sont, au fond, l'occasion d'exprimer et de concrétiser ce désir.

Je n'avais jamais véritablement été confronté à la maladie… Permettez-moi de parler un peu crûment, comme je l'ai fait parfois dans les mails repris ci-après.

Quand, en juin 2010, mon généraliste m'envoie vers un urologue, car mon testicule gauche est devenu gros, lourd et un peu insensible, je ne m'inquiète pas particulièrement. Quand l'urologue me dit qu'il faut ouvrir, pour voir « la tête que cela a », je me doute que « cela » peut ne pas être anodin. Quand l'analyse de sang faite entre-temps montre un facteur dit « Béta HCG libre » élevé, je me pose des questions ; Internet me répond que ce facteur marque, soit une grossesse, soit un cancer du testicule : je n'ai plus beaucoup de doute. Lorsque j'entre en salle d'opération, en juillet, je suis à peu près certain, sans que cela n'ait jamais été dit, que j'en sortirai avec un testicule en moins…

Parallèlement, au cours de ce premier semestre, alors que douleurs et fatigues un peu générales m'avaient amené à consulter régulièrement mon généraliste, ma situation professionnelle s'est mise à évoluer. Progressivement, comme naturellement, je suis sorti du rôle opérationnel assez exigeant que je tenais depuis trois ans, pour évoluer vers une fonction plus indépendante, mais aussi plus novatrice et plus prospective. Si bien que m'absenter, même longtemps, n'a pas posé de problème opérationnel. Comme si les choses se faisaient à point nommé. Comme si cette opération, cette maladie et l'année d'indisponibilité qui l'a suivie s'inscrivaient dans l'ordre des choses.

Un cancer est souvent un message, dit-on. Un message du corps, qui refuse de poursuivre dans le sort qu'on lui fait. Pour moi, ces trois années et notamment la dernière, avaient bien laissé progressivement le corps pour compte, pris sans doute dans l'étau d'un rôle professionnel devenu peu adapté et trop sous-pression ; et d'un écart croissant entre la vie à la campagne que nous construisions et une vie professionnelle qui nous offrait, à ma compagne et à moi, de moins en moins de satisfactions et de plus en plus de stress et de contraintes.

J'ai le sentiment d'avoir écouté ce message, sans pour autant être sûr d'en avoir tiré encore toutes les conséquences pratiques à ce jour.

Ce livre retrace, à travers les mails échangés autour de la période de chimiothérapie, l'itinéraire qui a été le mien, accompagné des miens, de la cinquantaine de personnes, famille et amis, qui, in fine, ont été les lecteurs attentifs de ces mails et m'ont si bien entouré pendant ce passage.

Si difficile que soit l'épreuve, elle apporte quelque chose : une prise de conscience, une réflexion sur soi, sur la vie ; une réaction et une posture qui sont une révélation de soi-même à soi-même, comme l'image d'une photo qui apparaît progressivement sur le papier argentique.

Si le cancer est une maladie – une maladie un peu particulière – comme je le décrirai, c'est aussi un peu une thérapie. On dit que les cellules cancéreuses tentent, par leur croissance exagérée, sans limite, de contrer une agression, une inflammation… Mais le cancer lui-même, dans son ensemble, sur un autre plan, n'est-il pas souvent une demande de guérison plus globale et finalement, une manière d'y parvenir ?

Les lignes qui suivent, notamment la première partie qui est la reprise des emails échangées sur le vif, sont peut-être une réponse à cette question. Ce n'est, somme toute, qu'un exemple de ce que l'on pourrait appeler, pour cette raison, un itinéraire en cancer-thérapie, *une manière de voir le cancer comme une thérapie autant que comme une maladie ; exemple plus qu'exemplaire, mais qui pourra – peut-être – aider des personnes en situations similaires, à trouver leur chemin, ou encore aider leurs familles et leurs amis à mieux les comprendre et mieux les accompagner.*

Arnauld MERIC

Décembre 2011

PARTIE I

News Chimio

1. L'annonce.

News Chimio ▼ : arnauld.meric@gmail. com

Mail du vendredi 11 février 2011

Objet : news santé arnauld

Coucou à tous,

Ce n'est pas que je veux en faire ni tout un fromage, ni toute une pub, mais c'est juste pour répondre aux questions que vous vous posez peut-être, ou sûrement, concernant ma santé.

Bon, la "bonne nouvelle", c'est que les taches décelées à l'IRM (sur cotyle droit et L5) ayant progressé, on a peut-être une explication de la fatigue et des douleurs. Ceci dit, les analyses de sang sont normales (mises à part des traces d'inflammation, peu surprenantes, le marqueur tumoral étant en attente), le scanner thorax-abdo-pelvien, destiné à déceler d'éventuels métastases, est normal.

Vendredi prochain, on me fait une biopsie chirurgicale de la hanche droite, sous anesthésie générale, avec sortie dimanche ou lundi, pour voir la nature des taches. Bien sûr, je suis en arrêt de travail dès maintenant.

Plein de gros bisous et merci de toutes les bonnes pensées que vous pouvez m'envoyer...

Arno

Mail du vendredi 18 février

Coucou,

Opération biopsie bien passée ce matin. Merci de toutes vos bonnes pensées.

Bises

Arno

Mail du samedi 26 février

Coucou, quelques nouvelles fraîches :

Je me remets progressivement de la biopsie à la hanche, qui m'a bien ouvert la fesse ! Mais j'ai déjà abandonné les béquilles, c'est toujours çaet j'espère pouvoir aller bientôt au cinéma voir Luchini dans les Femmes du 6ème.

La biopsie confirme qu'il y a métastases et qu'il faut sans délai passer à la chimio : on me pose lundi la boîte à injecter (petite opération au bloc) et le lundi suivant, je démarre la chimio. Ça va m'occuper : 5 jours à raison de 6 heures par jour ; puis 1 jour de chimio suivi de 4 jours de « vacances », de nouveau 1 jour de chimio puis 4 jours de « vacances » et rebelote, le tout 4 fois...

Bon, il va falloir de la patience ! ... Bien évidemment, pendant les « vacances » : une prise de sang, une IRM, un suivi de la capacité pulmonaire ...

Heureusement, pour le mariage de Gabriel et Raluca, je serai au milieu des 2 semaines de « vacances ».

Normalement, tout ça est donc fini fin mai, avec l'été pour m'en remettre !

C'est un protocole très classique, qui a prouvé son efficacité dans 85 % des cas...

Merci de votre présence à tous, ça compte beaucoup dans ces moments-là...

Avec le soleil qui commence à sortir, j'irai faire quelques pas dehors cet après-midi.

Je vous embrasse.

Arno

Mail du mercredi 9 mars 2011

Objet : C1 J3

Coucou à tous,

Eh oui ! C1 : c'est cycle 1. J3, c'est le troisième jour de chimio : disparition des douleurs et de la fatigue excessive ; je suis sans doute un peu tonifié par les corticoïdes.

Ça ne me paraît pas trop long, 8h30 à 14h30/15 h ! Heureusement, vu la durée, j'ai pu me trouver un lit un peu isolé dans la grande salle. Les infirmières sont sympas et super *pros*, et le déjeuner à midi très correct.

Aujourd'hui, j'y suis allé à pied pour la première fois : 20 mn. Et au retour, comme il faisait beau, je suis allé prendre le soleil aux serres d'Auteuil, des serres magnifiques qui datent de la fin du XIXème...

Christine m'a rejoint au pied des hibiscus et des baobabs, dans la serre sub-tropicale et nous venons d'aller voir – revoir pour elle – " Les Femmes du 6ème " où Luchini, en bourgeois éteint et coincé, finit rayonnant au milieu des bonnes espagnoles des années 50.

Cela m'a permis de constater que la position assise reste un peu difficile à tenir … Heureusement, l'iPad permet de faire des mails tout en y échappant !

Hier, la séance avec l'acupuncteur était super : en un rien de temps, il m'a planté plus d'une cinquantaine d'aiguilles, tout en m'expliquant brièvement à quoi ça sert : « Là, c'est pour garder les sourcils, là c'est pour éviter de perdre le goût, là c'est pour éviter les aphtes, là et là c'est pour les nausées, etc … ».

Bref, pour le moment, tout va bien, grâce aussi à Christine qui est adorable, grâce à vous tous, vos pensées, vos actions, votre amour, grâce aux amis et aux collègues qui me soutiennent et m'encouragent... Je sais que le plus difficile est à venir, mais que tout sera fait pour le minimiser.

Plein de grosses bises à tous.

Arno

2. *L'ascension.*

Mail du lundi 14 mars 2011

Jusqu'à maintenant, tout n'était que préparation et organisation.

J'ai abordé ce week-end l'ascension du *premier col* : assez brusquement, samedi après-midi, j'ai l'impression d'être à 4000 m d'altitude. Difficulté à respirer, à avaler, à bouger même!

La journée d'aujourd'hui s'est déroulée au rythme lent du montagnard, en faisant attention à ne pas s'essouffler : aller à pied à la clinique pour voir l'oncologue et faire la chimio du jour, se rendre ensuite, en marchant sous le soleil à un pas de légionnaire fatigué, chez le kiné, puis terminer la journée chez l'acupuncteur qui, vu ma tête, n'a pas lésiné sur le nombre d'aiguilles...

Heureusement, ma chérie est venue me chercher en voiture et elle a su me préparer un dîner que j'ai eu envie de manger : ce n'était pas gagné !

Demain, enfin : Charny, de l'air... en espérant avoir le temps de m'y acclimater au palier de 4000...

Bises à tous,

Arno

Mail du jeudi 24 mars 2011

Chers tous,

Un petit message rédigé au soleil, sur la place du village à Charny, avant d'aller me faire raser la boule à zéro. Les cheveux s'arrachent plus facilement que de l'herbe : autant faire table rase !

Un grand merci à Tan, Isa, Laurent, Lolo, Jérôme et bien-sûr à Christine, pour ce *reiki* collectif de dimanche soir qui m'a fait beaucoup de bien…!

Je sentais une infection monter ; je me suis retrouvé en pleine forme lundi matin ! Mais elle m'a rattrapé lundi soir, où la température est montée à 39,4°C... L'acclimatation au palier de 5000 m s'était bien faite, mais le 'ptit coup' de bléomycine m'a rappelé à la *réalité* : du fait que j'ai laissé la moitié de mes globules blancs en chemin, je suis passé au régime antibiotique pension complète !

... (1/2 h + tard)

Voilà. Je suis rasé, çafait une drôle de tête!

La semaine dernière à Charny a été très positive : je suis passé progressivement de 10 mn de marche sur le plat à 1/2 h de promenade vallonnée. De quoi apercevoir des chevreuils, des grues en migration, des faisans.

Un grand moment à la séance de Chi Kong chez Hubert et Camille, avec Patricia et Gérard : une belle rencontre, dans ce cadre enchanteur, avec un couple dont l'âge n'a émoussé en rien l'ouverture, la capacité d'accueil et la curiosité, bien au contraire. Échanger avec Hubert à propos de l'accident nucléaire de Fukushima (que j'ai suivi de très près en liaison avec Gabriel et Raluca) a été passionnant et je lis, depuis, avec grand plaisir son dernier petit livre[1] qu'il m'a si gentiment dédicacé.

J'ai aussi eu la chance de pouvoir compléter la gamme de soins parallèles à la chimio : massage, d'abord, avec l'excellent massage reçu de Cathy dans le cadre de l'association CAP Saint-Martin où je vais tous les jeudis après-midi, quand je suis à Charny.

Mon kiné va me faire une séance d'ostéopathie toutes les semaines. Monsieur Te, un authentique podologue chinois qui fait aussi de la facio-thérapie, m'a donné une vraie belle séance de ré-flexologie.

On a, aussi, bien recalé tout ce que l'on mange d'après le guide de David SERVAN-SCHREIBER[2] *(Anticancer)* et, notamment, beaucoup de graines de lin et de curcuma.

Christine a pu finaliser avec son employeur son mi-temps, sur des modalités très souples, avec l'assurance de retrouver toute sa place à son retour. Le fait que son DG, avec qui j'avais gardé des relations amicales, ait mis son poids pour que cela se fasse, m'a fait chaud au cœur. Et je mesure toute la chance que j'ai que Christine soit aussi disponible et solidaire.

L'ascension se poursuit avec un bon moral. C'est un travail d'équipe ; les mails reçus m'ont fait grand plaisir ainsi que la présence toujours attentionnée et amicale de Gérard, lorsque nous sommes à Charny et tous les appels des amis.

Le chemin est étroit et glissant ; il faut une lenteur et une attention de chaque seconde pour passer entre les nausées, les coups de fatigue, les brûlures gastriques... C'est l'occasion de redécouvrir l'importance de l'attention apportée à chaque instant, à ce que l'on mange et à la façon de le manger, à l'écoute du corps et de ses rythmes, à sa respiration, etc... Et aussi, peut-être surtout, l'occasion d'apprécier encore plus chaque bon moment, la caresse du soleil printanier, un bar au four, cuit et assaisonné à point… !

On va profiter de cette fin de semaine à Charny et prendre plein de réserves pour démarrer, dès lundi prochain, la semaine de chimio plein-temps : cet après-midi, CAP Saint-Martin ; samedi, on prépare tout pour le retour des chevaux (enfin, de Mousse, car d'ici-là, on se sera séparé de Ker que l'on va accompagner dimanche matin à sa nouvelle *maison*).

Entre-temps, j'ai quand même droit de faire un petit aller-retour à Paris vendredi, pour aller refaire un examen de capacité pulmonaire, car elle a chuté du fait de la bléomycine.

Merci à tous, de tout cœur, de vos attentions et de votre soutien.

Grosses bises.

Arnauld

Mail du dimanche 3 avril 2011

Chers tous,

L'ascension continue, avec ses hauts et ses bas... Un petit aperçu de la semaine, démarrée avec une nouvelle tête ; on se rapproche des sommets himalayens ! Il ne manque plus que la coiffe du moine tibétain...

Lundi 28 mars :

J'ai démarré ce nouveau cycle en bonne forme : 2 heures de balade dans la campagne samedi, dîner sympathique et familial chez Sandrine et Fabrice sur la route du retour à Paris... Il y avait longtemps que je n'avais pas goûté à ces joies simples !

Autant j'ai marché d'un bon pas lundi matin pour aller à la chimio, autant le retour a été lourd et lent : *l'ascension* est bel et bien repartie, avec un bon dénivelé de 1000 m durant cette journée passée pourtant allongé ; j'ai dû m'arrêter sur un banc à mi-chemin, au soleil et regarder les enfants tourner sur leur manège, avec l'impression d'avoir pris le rythme et les activités de quelqu'un de 30 ans de plus. L'avantage, c'est que lorsque j'y arriverai, j'aurai un peu d'entraînement !

Pour les médicaments aussi, j'aurai de l'entraînement… Moi qui suis toujours impressionné par la quantité de médicaments que prennent les personnes âgées – il faut croire que notre maman, avec sa simple infusion quotidienne, ne fait pas partie de cette catégorie !

Si je fais le compte, j'en suis à une bonne dizaine. Dans la chimio : corticoïdes, Cisplatine, Bléomycine, Étoposide et, en parallèle : Emend ou Motilium comme antinauséeux, des corticoïdes encore (Cortancyl), un antiacide (Omeprazole), un faciliteur de transit intestinal, des inhalations d'Innovair (pour le traitement de l'asthme induit par la Bléomycine), complétées si nécessaire par de la Ventoline, un antihistaminique (Polaramine), de l'Augmentin (antibiotique pour traiter un début de sinusite en l'absence de globules blancs), une solution pour bains de bouche (pour éviter les aphtes), des piqûres de Neulasta (pour faire remonter les globules blancs, un produit de biotechnologie à 1.200 € la piqûre !). Bref, plus d'une dizaine de médicaments classiques !

À cela s'ajoutent, à mon initiative, quelques compléments de type *alicaments* : Goji (qui renforce les défenses immunitaires), curcuma, graines de lin moulues et coriandre en feuilles, en poudre et en graines (limitant,dit-on, entre autres propriétés, la prolifération des cellules cancéreuses), propolis fabrication *maison* pour protéger la sphère ORL, ainsi bien sûr que du thé vert, des pruneaux...

Voilà : énumération un peu longue ! Elle pourra intéresser certains. Toujours est-il que c'est une vraie organisation que de gérer toutes ces nouvelles habitudes.

J'ai donc retrouvé le plaisir de la marche. Non que je l'aie perdu, mais j'avais perdu le temps de la pratiquer : en scooter jusqu’au bureau, assis toute la journée, peu de temps le soir, le week-end, la voiture pour Charny, et là, à cheval, ou attelé aux travaux d’entretien.

Marcher tranquillement, avec ou sans but, à la campagne ou en ville, sous le soleil si possible, ouvert à l'observation de la nature ou des gens qui passent, quel plaisir !

J'ai d'ailleurs dû réapprendre à utiliser les passages piétons en ville ; d'abord parce que, n'étant pas dans l'urgence, je ne suis pas enclin à traverser en vitesse entre deux voitures et aussi parce que, sur les passages piétons, surtout quand il n'y a pas de feu, il faut quasiment demander le passage avec autorité si on ne veut pas se faire écharper par un automobiliste pressé ; et ils le sont presque tous.

Je pense que lorsque je recommencerai à conduire – voiture ou scooter – je serai plus respectueux des piétons, ayant ressenti trop fréquemment cette poussée de stress désagréable qui vous envahit quand une voiture vous frôle à moins d'un mètre à une allure un peu vive...

Ce mercredi 30 mars, jour 3 de cette deuxième semaine intensive, je me sens en grande forme : je suis venu d'un bon pas ce matin à la clinique. Pour un peu, j'aurais pu courir ! La cortisone qu'ils me mettent dans la perfusion y est sans doute pour quelque chose, le *reiki* de Christine le soir aussi. Bon sommeil, mais court : j'ai relu au petit matin des passages du livre de Martin Seligmann, *La Force de l'Optimisme*[3], dans lequel il détaille la démarche scientifique qui l'a amené à définir ce qu'il appelle l'optimisme et son impact positif sur les performances et sur la santé.

Hier la visite d'Alain à la clinique m'a fait grand plaisir, tout comme sa première visite il y a trois semaines. Son empathie et sa clarté me sont rafraîchissantes.

Jeudi 31 mars :

Je viens de voir le médecin nutritionniste. En phase de chimio, sa préconisation est claire : manger ce que l'on a envie de manger, quand on en a envie, sans s'imposer d'absorber (ou pas) quelque chose par obligation ou par respect d'un régime. Au fond, une belle manière de vivre l'instant présent, même au-delà de la nourriture... Mon problème, c'est de ne pas perdre de poids, surtout de masse musculaire. Donc, il faut absorber des protéines... Je suis remonté à 78 kg, c'est-à-dire que j'ai regagné 3 kg en 1 semaine !

Vendredi 1er avril :

Cette semaine de chimio s'achève. On sent que *l'ascension* recommence, avec heureusement une soirée égayée par la visite de Lorène, Antoine et leur petit Milo.

Samedi 2 avril :

Comme prévu, c'est les *montagnes russes* : de nouveau, le moindre geste me coûte, ma voix est faible, l'appétit a disparu, les nausées sont à l'affût. Comme en altitude : s'économiser, ralentir, attendre.

Ce matin, Christine m'a accompagné pour recevoir un *shiatsu*, un moment agréable pour chasser les tensions que génère la fatigue, mais qui ne régénère pas pour autant.

Plaisir de voir Pauline et Manou un moment à la maison et d'aller marcher avec eux 200 m au soleil. Malheureusement, je ne suis pas en état d'aller à la fête de Frédéric à l'Ecole Militaire...

Dimanche 3 avril :

C'est le creux de la vague. Faire chaque geste avec économie. Même la voix a du mal à sortir. L'immobilité, lorsqu'elle reste supportable, permet de passer entre malaises et nausées. Perdu 5 kg depuis jeudi. Le *reiki* « collectif » de ce soir me fera le plus grand bien. Merci d'avance !

Mais tout cela va remonter à partir de mardi, progressivement : appétit, poids, énergie... et la semaine s'annonce estivale à Charny.

Merci à tous de toutes vos attentions, de toute votre affection... (et une attention particulière pour Papa). Un grand merci pour les signes de soutien et d'amitié, toujours plus nombreux. Et quelle chance j'ai d'avoir Christine à mes côtés ; je mesure aussi que ce n'est pas facile pour elle de tout prendre en charge comme elle le fait si bien !

Arnauld

Mail du Dimanche 10 Avril 2011

Chers tous,

Quelques nouvelles sur la semaine écoulée, alors que la mi-parcours est en vue au bout de la semaine prochaine, qui est une légère pente ou, au pire, un faux plat.

Lundi 4 avril :

Demain, Charny. Enfin, un grand bol d'air, de calme... Après 10 jours de chimio, cette redescente progressive du rythme et des capacités. Tout cela va remonter progressivement. Déjà, l'appétit revient, comme annoncé par mon acupuncteur ce matin !

Au soir de cette journée où je me suis traîné d'examens en traitements, dans ma boîte, un cadeau de Jean-Marc, deux *bijoux* on ne peut mieux choisis : « Un Voyage Immobile[4] », livre de photos de Mathieu RICARD, itinéraire au long d'une année, depuis la terrasse de son monastère himalayen, et « La Présence Pure[5] », recueil de textes de Christian BOBIN qui exprime, sous une autre forme, dans une autre culture, le même essentiel.

Mercredi 6 avril :

Avec cette belle journée de printemps à Charny, un programme chargé ce matin : aller voir une jument pour Christine, puis aller chez Christophe pour en ramener Mousse en van. Une belle matinée d'activité, heureusement accompagné par Gérard.

Je termine la matinée au bord de l'épuisement : le moindre geste, le moindre mot, le moindre regard coûte une énergie considérable… Impression étrange : pas de douleur, pas vraiment de malaise, mais ce poids infini des gestes, qui n'empêche d'ailleurs pas de profiter du plaisir de voir un cheval évoluer, de voir Mousse retrouver ses marques dans la carrière et dans son box et même de l'excellent déjeuner préparé par Christine – bar bio aux endives, dégusté à petit feu.

Séance de sophrologie avec Fred en fin de journée, pendant que Christine court au soleil déclinant et se perd dans la campagne… Bonne remise en énergie (pour nous deux, sous des formes différentes) ; je suis déjà plus actif au retour à la maison. Mais la fièvre se confirme : gorge/oreilles. Il faut que je repasse par la case antibiotique, comme à pareil moment au cours du premier cycle.

Le soir, la brise est tombée avec la nuit : douceur sous le ciel étincelant d'étoiles.

Jeudi 7 avril :

Le soleil est déjà vif lorsque le hennissement de Mousse me fait émerger d'un demi-sommeil. Chant des oiseaux intense, beauté des plans de la campagne encore nimbés de blanc et de rose, étincelants sous le soleil, avec ce vert du colza qui tire chaque jour un peu plus sur le jaune, comme si le bleu s'en évadait vers le ciel.

Après-midi à CAP Saint-Martin où, semaine après semaine, se retrouvent, dans cette maison accueillante et tranquille, une dizaine de personnes, atteintes ou remises d'un cancer et encadrées par une équipe de bénévoles dévoués, soudés et amicaux.

Les échanges sont profonds et sans fard. La joie rayonne plus que la désespérance. Chacun a son histoire de vie, de maladie. La mienne n'y est plus, comme dans mon cercle familial et amical, aussi centrale. Jean-Marie, qui a perdu l'usage de ses jambes, rayonne d'une forme de joie si profonde ; il est si soucieux de n'émettre ni jugement ni conseil, mais simplement attaché à témoigner combien ceci l'a transformé, dès lors qu'il a réussi à passer de la révolte à l'acceptation, l'instant vécu au présent et sans projet devenant, pour lui, le seul référent.

Les bénévoles et les accompagnateurs n'hésitent pas non plus à partager convictions et expériences de vie, comme Carole, rayonnante de joie, au chômage, qui a perdu 50 kg, a un fils handicapé de naissance, qu'elle a assumé seule depuis 20 ans... et qui est venue de plus de 100 km pour accompagner cet après-midi son amie actuellement en chimio! Ou bien ce choix de certains de faire converger vie professionnelle, passions et engagement, plutôt que de se contenter de la sécurité d'une vie compartimentée.

Ces échanges, ainsi que cet état d'être, un peu particulier, où chaque geste coûte dix fois son poids en énergie, en complément de la lecture, très appropriée, de la prose si poétique de Christian BOBIN, m'amènent à méditer, sous un jour très différent, sur la notion de *performance*, si centrale dans la société et dans notre vie habituelle. Et, derrière cette notion, celle de standard, de référence, de comparaison, d'attente, de jugement.

Si l'unicité de chacun prime, si l'instant vécu prime sur le passé ressassé et sur un lendemain appréhendé – positivement ou négativement – la performance n'est pas si centrale, juste un outil à manier lorsque c'est utile et sans danger, comme tout outil...

Samedi 9 avril :

J'aborde ce samedi comme on accoste à un port, à l'abri de la houle et du vent frais du large qui m'ont « bercé » d'inconforts cette semaine : creux de fatigue, pics de fièvre, élancements dans la gorge et les oreilles, désert d'appétit, quintes de toux... Peu de globules rouges et des globules blancs au plus bas, ça se paye et ça donne un ticket pour quelques piqûres, quelques comprimés et sachets de plus : EPO, antibiotique, cortisone encore...

Malgré cela, quelle belle semaine, avec ce printemps avancé, le plaisir d'avoir à nouveau un cheval à la maison, de revoir les amis de Charny !

Cette fin d'après-midi, étonnante rencontre avec Mr. G : nous ne le connaissions pas, mais c'est de chez lui que vient notre ruche. Nous y allons avec Gérard et Paul pour tenter de lui en acheter une ou deux de plus. C'est à 25 km. On n'a pas appelé : il n'y a pas de téléphone. On arrive :

portail fermé. On ne sonne pas : il n'y a pas de sonnette ! On pousse le portail, on entre. Deux voitures – sont-elles encore roulantes? Un bric-à-brac indescriptible et, à peine accessibles sous ronces et orties, les ruches, bien fatiguées mais débordantes d'activité. On contourne la maison, un vieil homme sort d'une pièce – remise ? débarras? – Non, ça semble être sa pièce de vie. Il semble aussi fatigué que les habits qu'il porte ; sa bouche est aussi béante que sa braguette, les yeux cerclés de rouge, mais la prunelle bien vivante.

Et là, il commence à nous parler, à nous reconnaître et la qualité, la vivacité et même la clarté de ces flots de paroles étonnent puis passionnent : les abeilles bien sûr, sur lesquelles il questionne autant qu'il explique, ses cultures maraîchères, sa vie, son histoire, sa philosophie...

Après l'occupation, puis la libération de Paris qu'il a vécue entre 12 et 15 ans, depuis Sceaux où ils habitaient, son père a décidé d'aller vivre à la campagne. Ils ont acheté cette petite ferme, un peu de terrain... Depuis, il est maraîcher et apiculteur. Il a 86 ans, fait le marché de Toucy où il vend sa tonne de miel par an, ses fraises, ses épinards, ses tomates... Tout cela est bio. Il est bio depuis la première heure... « Ça fait 40 ans que je mange bio et regardez mes mains déformées par l'arthrose... Pourquoi ? ».

Il nous invite à redécouvrir les céréales anciennes, le millet par exemple. On sent que tout l'intéresse, nature, culture, philosophie, débats d'idées... Labourer devient difficile pour lui, sans tracteur bien sûr... Le terrain est en pente : il a fait des terrasses. Un jeune curé vient l'aider quelquefois. Il vit seul, avec sa sœur, lourdement handicapée, semble-t-il.

Le samedi matin, au marché de Toucy, il lui faut être là tôt : « Sinon, vous savez, les placiers, ils vous font pas de cadeaux ! Alors, j'attends dans ma voiture, car vous savez, il fait frais ». C'est un marché très fréquenté ; il aime parler avec les gens d'ici, les nombreux parisiens, les quelques touristes étrangers...

C'est sa vie ... Il rayonne quand il en parle. L'un de ses premiers mots, alors que l'on n'était là que depuis 5 mn : « Vous savez, je pense que chacun a son destin et qu'il est unique! ».

Dimanche 10 avril :

Ce dimanche matin a quelque chose d'un renouveau : l'air est vif, le soleil clair, les chants des oiseaux vigoureux, entraînés par les trilles variées d'un rossignol tout proche.

Nous déroulons un *taï-chi* sur l'herbe encore fraîche. *Mousse*, intrigué, s'approche et s'anime, comme s'il était sensible à l'énergie lente de nos mouvements.

La mésange charbonnière commence déjà à construire son nid dans l'abri qu'a installé Gérard hier.

Ce dimanche soir est enchanteur de douceur ensoleillée ; j'ai l'impression d'avoir enfin accosté au port ; l'énergie revient dans les gestes et dans la voix. A peine deux jours à Paris et nous serons de retour pour une semaine, qui sera une vraie semaine de remise en forme...

Merci à tous de votre soutien, de votre attention, de vos attentions et tout particulièrement à Gérard, dont l'amitié a été si présente et si précieuse cette semaine.

Arnauld

Mail du lundi 18 Avril 2011

Bonjour à tous,

Merci pour les nombreux retours à mon mail qui m'encouragent à continuer et cela m'aide aussi d'avoir à le faire ! C'est un vrai luxe et un plaisir de pouvoir consacrer un peu de temps à coucher quelques lignes sur un papier, ou plutôt sur un écran. Et pardon si ça devient un peu long...

Mercredi 13 avril :

Retour à Charny hier soir mardi, après moins de deux jours à Boulogne.

Plaisir de se réveiller avec ce soleil étincelant, le chant des oiseaux, d'aller dans l'air frais du matin caresser *Mousse* au fond de son enclos, de voir si les poissons ont déjà fait surface, de constater qu'en deux jours, les feuilles du châtaigner sont sorties.

En regardant hier soir un film retraçant la fin de Georges POMPIDOU, occultant et résistant à sa maladie jusqu'à l'extrême pour éviter que MITTERRAND ne lui succède, l'une des phrases mises dans sa bouche, après un énième malaise, m'a touché : « A partir de maintenant, je ne veux plus voir que de belles choses ».

Voilà un bon principe, totalement irréaliste d'ailleurs (la vie n'est pas faite que de « belles choses », loin s'en faut et les horreurs multiples des actualités récentes en témoignent), mais, malgré tout, je me sens en phase, en ce moment, avec ce besoin de ne voir que de « belles choses », de les exprimer et de les vivre. De belles choses, ce n'est pas forcément des objets de luxe ou des œuvres d'art remarquables : la nature bien sûr, une fleur au bord d'un chemin, le vol d'une buse, l'éclairage rasant d'un bosquet au petit matin, mais aussi un sourire, un regard, un corps en mouvement, une marque d'affection, une émotion qui surgit sur un visage... Voir, dire et faire de belles choses… Tout simplement, même et surtout si la santé, les conditions de vie ou l'amoncellement de problèmes et de préoccupations incitent à se polariser, au contraire, sur l'inverse...

Jeudi 14 avril :

Quel plaisir et quelle chance que Gabriel ait pu faire un petit tour par Charny, au lendemain de son arrivée de San Francisco et que l'on ait pu, pour une fois, en face-à-face plutôt que par téléphone ou par mail et, à loisir, parler de cette belle fête de mariage qui se prépare... et qui se rapproche.

10% : avec mon esprit un peu analytique, c'est à peu près ce que j'estime comme proportion de mes capacités physiques disponibles : ce matin, j'ai déplacé les chandeliers dans la carrière ; un geste que je devrais pouvoir faire dix fois, en temps normal, avant d'être essoufflé comme je l'étais après une fois. Donc 10%, à peu près. Quand je marche 1/2 h, j'ai effectivement besoin de me remettre comme si j'avais marché 5 heures. Et encore, on est sur une « bonne semaine » car, en fin de semaine de chimio, je suis plutôt au 1/3 de ça, soit environ 3% des capacités normales...

Dans les phases difficiles de la chimio, monter au 1er étage ici, à Charny, c'est un peu comme les 19 étages qu'il m'arrivait de faire à pied pour accéder à mon bureau : ça donne une idée ! Ce n'est pas un calvaire pour autant, à condition que l'on soit bien entouré et que l'on n'ait à peu près rien à faire de physique. Pour le peu qu'il reste à faire, il suffit de gérer, de s'installer dans la lenteur, de marcher à l'économie... Le plus difficile est peut-être de gérer la frustration qu'il y a à ne presque rien pouvoir faire, à le faire trop lentement, à regarder son entourage travailler, peiner quelquefois, sans pouvoir aider ni participer, à voir une journée s'écouler sans avoir pu faire grand-chose de pratique : ce qui permet à ces frustrations de s'estomper, c'est de se mettre dans une position de non-attente, de non-désir, de se centrer sur le moment présent et de goûter les satisfactions et les plaisirs que l'on tire de ces instants, comme les saveurs et les parfums subtils que l'on peut tirer, si l'on sait s'y attacher, des fleurs, des arômes, des mets, des vins...

Vendredi 15 avril :

Je termine cette journée de vendredi comme un sportif au soir d'un marathon, lorsque que tous les muscles sont détendus par une journée d'effort, lorsqu'une sensation profonde de bien-être émerge de l'immobilité complète, lorsque l'on a encore dans les yeux, en les fermant, le rythme des foulées et la beauté des paysages.

Mon marathon, pourtant, a tenu à peu de choses : faire tourner *Mousse* en liberté dans la carrière, au soleil, avec le plaisir de reconstruire progressivement cette complicité et cette communication quasiment sans geste et sans mot : arrêt, demi-tour, départ au trot, galop, arrêt, immobilité ; la montée de Charny à pied, après avoir mis

Gabriel sur la route ; la cueillette de quelques brins de muguet, déjà sortis en ce printemps précoce, dans un bois ensoleillé par un soleil rasant.

C'était un plaisir d'y revoir Marie : nous nous étions croisés chez elle l'été dernier ; elle exposait quelques artistes amis dans son jardin. Elle sait ce qui m'est arrivé depuis ; je sais ce qui lui est arrivé depuis. Nous nous retrouvons chacun avec un bonnet sur la tête et des cheveux en moins. Nous ne tardons pas à échanger avec beaucoup de simplicité et d'authenticité. Comme avec Jean-Marie la semaine dernière, c'est un échange qui nourrit, qui n'est pas un dialogue de personne malade à personne saine compatissante, mais plutôt un dialogue entre deux personnes, qui, du fait de circonstances de santé un peu similaires, vivent des expériences proches, un peu comme quand on rencontre quelqu'un qui parcourt ou a parcouru le même pays lointain et ardu.

Samedi 16 avril :

Inquiétude : les globules blancs restent 6 fois plus élevés que la normale. Je tourne sur le *net*, ça tourne dans ma tête, pour comprendre... On verra lundi !

Visite surprise de Bertrand et Marie, sur le chemin de leur week-end ; grand plaisir de les accueillir et de passer un moment au soleil : elle aussi est passée par la *case cancer*, eux aussi ont reconstruit leur couple et leur vie, en se choisissant un lieu bien à eux en Bourgogne...

Dîner spectacle avec Gérard et Marie-Claude et quelques amis de CAP Saint-Martin : veillée en Puisaye, histoires et chansons qui sentent bon le terroir. La principale narratrice a 80 ans ; quelle énergie ! Et quel bonheur sans doute pour elle d'être encore sur scène.

C'est bon de faire une sortie entre amis comme dans une vie *normale*.

Retour un peu tard, avec ce moment magique où le rossignol trille dans la nuit claire.

Dimanche 17 avril :

Une belle journée active, ensoleillée, mais avec de la fatigue qui s'accumule vite.

Il est près de 10h du soir quand Gérard et Paul arrivent après un long trajet et une longue journée, avec unc voiture pleine de cinq ruches. Ils nous installent deux belles ruches bien bourdonnantes...

Un très grand merci à eux.

Le retour sur Paris est bien tardif, mais nous sommes trop contents d'avoir maintenant trois ruches ; et impatients d'être à dimanche prochain.

Bises,

Arnauld

Mail du dimanche 24 avril 2011

Bonjour à tous,

Suivant une tradition en train de s'établir, voilà quelques *flashes* sur une semaine qui n'a pas été la plus facile, mais qui m'a réservé bien des joies.

Lundi 18 avril :

Ce premier jour du troisième cycle, je marche d'un pas alerte jusqu'à la clinique, un peu comme un jour de rentrée et j'arrive à temps pour prendre la bonne place : le lit bien au fond, un peu tranquille, bien isolé ; j'ai même apporté mon casque antibruit pour échapper à la radio et à ses pubs.

Je commence par une séance de sophrologie. Puis, plaisir de la visite de Jean-Marc : 30 ans d'amitié. Ca fait quelques années que nous ne nous étions pas vus. Elles ne sont pas si fréquentes, les amitiés qui résistent à un long divorce, surtout en forme de crise. Celle-ci a résisté à deux, le sien, puis le mien. « Je retrouve quelque chose d'inchangé dans notre amitié », me dit-il. Tant de choses à se raconter, sur cette trajectoire de vie originale qui est la sienne, dont il me dit qu'elle s'est cristallisée pour lui, lors d'une randonnée de découverte du désert que j'avais organisée. La matinée passe donc très vite.

Après m'être réveillé d'une sieste profonde, appel de Marielle. Je la connais peu, elle était venue passer une soirée l'été dernier chez nous à Charny, avec son mari et son bébé. Sa chimio était en cours ; elle sait que c'est mon tour maintenant.

Une demi-heure d'échange simple et authentique ; jeune maman, enceinte, elle se retrouve avec un cancer du sein à développement rapide. Après consultation des meilleurs experts, la conclusion s'impose : il faut faire naître l'enfant au plus tôt. Plus on tarde, plus sa propre vie est en danger, car l'état de grossesse avec son cortège d'hormones, accélère le développement du mal. Aujourd'hui, elle est heureuse d'avoir surmonté cela, de pouvoir s'occuper pleinement de ses deux jeunes enfants. Un beau témoignage qui me réchauffe le cœur ; tout comme celui de ma cousine espagnole, avec qui j'ai passé une demi-heure au téléphone hier. Elle venait de reprendre son travail, après un an, son cancer du sein guéri. Depuis quelques mois déjà, elle suivait avec attention, de loin, sans que nous ayons encore échangé, l'évolution en ce qui me concerne.

Cette journée de clinique est donc passée comme un éclair ; je n'ai pas ouvert un livre. Mais si l'aller avait été alerte, le retour à la maison a été particulièrement poussif : jamais je n'ai marché aussi lentement, je crois, en tout cas un lundi, au point que je prends le bus pour éviter de marcher entre deux stations et que je doive même m'asseoir un peu entre l'arrêt de bus et chez moi.

Mardi 19 avril :

L'ascension a vraiment repris : après être descendu du premier étage de la chimio, je suis obligé de m'asseoir pour reprendre mon souffle avant de repartir.

Dois-je prendre un taxi ? Ou tenter de rentrer à pied ? Je sens que ça va être difficile. Il fait trop beau : je commence à pied. J'attends le bus sous l'arrêt tout proche et décide finalement d'en prendre un deuxième pour me rapprocher encore de chez moi.

Je crois que jamais je ne me suis senti aussi faible ; je ressens ce qu'est une *vraie faiblesse*, confronté à la rue et à la nécessité de me déplacer, de traverser.

Le conducteur de bus est obligé d'attendre que je monte. J'attends, pour me relever pour en sortir, que le bus soit totalement arrêté ; la porte est déjà fermée quand j'y arrive. Je sais que j'aurai du mal à réagir rapidement à un imprévu ; ça me donne une idée de ce que doit être la grande vieillesse. Alors que je passe à nouveau un quart d'heure à attendre le deuxième bus, je m'efforce d'évacuer cette oppressante impression d'impuissance qui m'a envahi, avec son cortège de pensées négatives et je m'attache au bonheur d'être là, sans urgence aucune, à respirer l'air tiédi sous ce soleil presque estival ; en ralentissant chaque geste, chaque changement de posture, j'arrive à flotter au-dessus des zones noires des nausées et presque à oublier qu'elles sont là, tapies dans l'ombre.

Apres être descendu du deuxième bus, il me reste environ 10 mn de marche, à 2 à l'heure, ce qui est à peu près aujourd'hui mon autonomie maximale. Impression étrange que de vivre la faiblesse et la vulnérabilité et d'avoir à faire cet effort intérieur pour échapper au pessimisme et à la crainte.

Mercredi 20 avril :

Première visite d'un collègue, Gilles. Il avait lui-même été longtemps absent l'année dernière ; il était passé nous voir à Charny, sur le chemin de sa convalescence. Faut-il avoir souffert soi-même pour prendre du temps pour ceux qui souffrent ?

Je suis content d'avoir des nouvelles du business et des équipes. L'hydre de la normalisation semble plus que jamais en marche, désertifiant la relation humaine et multipliant les procédures et les contrôles. Merci, Gilles, d'avoir pris le temps de cette visite.

Une grande faiblesse encore au sortir de la chimio. Je décide, cette fois, de prendre le bus municipal ; il est gratuit et fonctionne en boucle : un trajet loin d'être direct, mais au moins, sans changement.

Dans le bus, mes yeux tombent sur un panneau invitant à laisser sa place assise aux femmes enceintes, aux personnes handicapées et aux personnes âgées. Je regarde les voyageurs, tous assis et, apparemment tous dans une de ces catégories, à cette heure creuse de l'après-midi… Heureusement, il reste une place disponible, sinon j'aurais dû rester debout, ce qui aurait été très difficile pour moi.

Malade sans être handicapé, pas encore vieux et, bien sûr, pas enceinte, donc, vous êtes « normal » et vous restez debout s'il n'y a pas de place ! Ce n'est pas que le trajet soit long, mais le problème, c'est les ralentisseurs. On a l'impression qu'il y en a tous les 100 m et que le bus, qui ne va en fait très vite, ne ralentit pas vraiment... Drôle de civilisation où l'on est obligé de mettre sur la route des obstacles qui fatiguent conducteurs, passagers et suspensions, simplement pour qu'une limite de vitesse, de pur bon sens et pour la sécurité, soit respectée. Ça ne m'étonnerait pas – mais je ne sais pas s'il y a des statistiques pour cela – que l'on soit, en France, les champions du monde des ralentisseurs.

Ce mercredi soir, plaisir d'avoir Denis et Viviane à dîner à la maison. Ils arrivent, les bras encore plus chargés que d'habitude, de tout ce qui peut nous faire plaisir. Heureusement qu'ils sont pleins de sympathie et d'empathie et qu'ils comprennent bien qu'il me faut, trois fois dans le dîner, m'allonger.

Cette troisième journée écoulée, j'ai donc dépassé la moitié de cette troisième semaine de chimio pleine. Et donc vraiment engagé la deuxième moitié du parcours. Ce qui m'invite à faire ce que je n'aimais pas trop faire jusque-là : me projeter dans *l'après*.

Nous avions déjà calé une étape, en septembre : une semaine de randonnée sur le chemin de Saint-Jacques, entre Conques et Cordes. Une autre étape qui me vient à l'idée et qui est plus pour moi une étape de retour à la condition physique qu'un challenge en soi : courir un semi-marathon en moins de 2 h. Je ne sais si ce sera celui de Boulogne en novembre, ou plus tard en janvier, mais je prendrai mon temps pour y arriver. Quelque chose me dit que ce n'est que lorsque j'aurai fait cela que je serai suffisamment remis pour reprendre une activité professionnelle qui, par nature, est exigeante, aux plans physique, intellectuel et psychologique.

Jeudi 21 avril :

Plaisir de la visite des deux fistons : Manou d'abord, un peu impressionné au début par tout cet attirail de tuyaux qui m'alimente, puis qui s'anime peu à peu me racontant comment, depuis hier, il avait retrouvé le goût de la lecture en tombant par hasard sur le « Livre des Fourmis[6] » de Bernard WERBER, qu'il dévore depuis, ou alors en m'expliquant le jeu complexe des gammes et tablatures avec lesquels le fait jongler son prof de guitare dans son groupe d'improvisation orientale.

Puis, au sortir d'une courte sieste après le déjeuner, visite de Gabriel, un bouquet de tulipes blanches à la main. Il s'intéresse au pourquoi de ces tuyaux, au mécanisme de la maladie et de la guérison, puis parle de sa vie, de sa position un peu particulière au plan professionnel qui l'amène à jongler entre le centre californien de recherche en énergie dans lequel il travaille, EDF/US et EDF/France ; il m'explique son analyse des conséquences environnementales de l'exploitation du gaz de schiste, vu des Etats-Unis, puis, bien sûr, on passe en revue les multiples détails de la préparation de son mariage.

J'ai eu, entre hier et aujourd'hui, des entretiens intéressants et très personnalisés au sujet de services complémentaires proposés par la clinique : l'un avec une esthéticienne, l'autre avec un médecin nutritionniste. En réalité, je les avais organisés plus par curiosité que par nécessité.

C'est vrai qu'en chimio, la peau devient sèche et que le crâne est exposé. J'ai découvert avec cette esthéticienne ce que les femmes connaissent bien, ce à quoi je ne me suis jamais trop intéressé pour moi-même : comment nourrir sa peau, ses mains, son corps, son visage ; je m'aperçois que c'est une véritable activité quotidienne avec des produits choisis.

En ce qui concerne le nutritionniste, très pédagogue, il entreprend, à partir d'un échange sur le livre de SERVAN-SCHREIBER[7] dont la partie diététique est très développée, de me faire part de sa vision sur ce qui lui paraît l'essentiel : se conformer à un régime ne paraît pas très utile, surtout en période de chimio. Il faut gérer les grands équilibres avec le souci de diversité avant tout, en s'attachant bien évidemment à la qualité des produits, préférer le sauvage à l'élevage et l'élevage de qualité à l'élevage industriel, préférer les céréales complètes aux céréales raffinées, les fruits et les légumes bio à ceux qui sont gorgés de pesticides et surtout, dans tout cela, se fier à son goût, qui est finalement, depuis la nuit des temps, le véritable guide diététique de l'homme.

Mais cela suppose de faire le léger effort de maintenir à des seuils minimaux son appétence pour le sucré, pour le salé, pour les graisses, trois ingrédients essentiels qui ne sont que démons lorsqu'ils sont en excès.

Il me confirme les grandes vertus de la coriandre, de l'ail, de l'oignon et celles du curcuma, à condition de l'accompagner d'un petit peu d'huile et de poivre noir pour le rendre assimilable (c'est la raison pour laquelle, traditionnellement, il est surtout consommé dans le curry). Il me recommande fortement le son d'avoine, en m'expliquant quand et par quels mécanismes il facilite le transit.

Pardon d'avoir synthétisé ces informations un peu techniques mais je suis sûr que beaucoup d'entre vous s'y intéressent… ou devraient s'y intéresser.

La journée de jeudi se termine d'abord avec une séance d'ostéopathie qui permet de détecter et de débloquer une tension qui s'était installée, puis une séance d'acupuncture à laquelle Christine m'accompagne en voiture, car elle voit bien à quel point je suis fatigué. Une « grosse séance », comme me dit le médecin acupuncteur, dont je ressors effectivement d'un pas plus alerte que j'ai même retrouvé le lendemain matin en allant à la clinique.

Vendredi 22 avril :

Plaisir, cette fois-ci, de la visite de Christine au moment du déjeuner à la chimio.

Je sens à quel point, malgré tout son amour et sa compassion, ça devient lourd pour elle : tout le quotidien, toute l'intendance. La pression d'un traitement comme une chimio pèse presque autant sur le couple que sur le malade lui-même et, pour s'en rendre compte, il faut sans doute l'avoir vécu. Ou plus exactement, plus le conjoint est dans l'aide, la compassion et la compensation, ce qui n'est malheureusement pas toujours le cas, plus la pression est partagée.

Samedi 23 avril :

J'aborde ce samedi matin comme un dernier effort à fournir, un raidillon à gravir avant d'accéder à une belle plaine d'altitude ensoleillée, où je vais retrouver, je le sais, autour de Charny et du mariage de Gabriel, toute la famille, y compris Raluca qui en fait désormais partie, et faire aussi connaissance de sa famille américaine et roumaine. J'espère de ce fait, malgré les piqûres quotidiennes auxquelles j'aurai droit cette semaine, mettre quand même un peu entre parenthèses la pression de la chimio.

Ce samedi soir est particulièrement dur : besoin d'immobilité totale, comme la surface d'un bassin qui se transforme progressivement en un miroir parfait des arbres qui le surplombent, une fois le vent tombé ; ce n'est que dans cette immobilité totale que s'estompent brûlures et nausées.

Un mouvement, même léger, une interpellation, voire même une pensée qui génère un peu de tension, suffisent à faire remonter les nausées à la surface comme une vase nauséabonde.

Il faut alors laisser à nouveau le temps que tout ceci retombe, pour retrouver l'état où le corps se fait oublier et où l'esprit s'échappe vers les plaines ensoleillées.

Merci à tous de vos attentions et de votre présence et à très bientôt pour beaucoup.

Bises,

Arno

3. La fête.

Mail du dimanche 8 mai

Chers tous, voilà une quinzaine riche en événements et en émotions ! Merci de vos retours, toujours attentifs et affectueux...

Mercredi 27 avril :

Réveil à 5 heures et demi ce matin, le pouls à 90. Pourquoi ? Sans doute la journée d'hier, une belle journée chargée en déplacements, en émotions, en soins.

Déjà, dimanche, j'étais au plus bas de mon énergie et de mes capacités physiques, au point d'avoir besoin de m'asseoir deux fois par terre entre la voiture et l'entrée de la maison à Charny. Mais ce matin, dès hier soir même, j'ai senti l'énergie revenir : sans doute l'effet de ma séance d'acupuncture en fin de journée.

Ce sont peut-être aussi les effets de l'injection de fer qui m'a été prescrite pour faire remonter les globules rouges, tellement j'étais essoufflé, ou de celle d'EPO. Ou n'est-ce pas simplement la trace des chimios de la semaine dernière et de ce mardi qui sont en train de s'estomper ?

Mais aussi, sans doute, ce qui tire mon énergie, c'est de me sentir entouré comme cela, avec l'arrivée, dimanche dernier, de Maman, de Laurence et d'André ; c'est aussi ce temps fort hier du baptême de Gabriel : cérémonie intime, pleine de beauté et de sens, dans le rite orthodoxe, dans la richesse de cette petite église roumaine près de la place Maubert, garnie d'icônes dorées et de flammes animées.

De retour à Charny, cette fois avec Pauline également, après ce dîner succulent et joyeux, me voilà donc en train de ressortir progressivement de deux à trois jours de léthargie profonde, comme il me faudra sans doute en supporter encore et peut-être pire, lors de la prochaine semaine de chimio.

Cette journée de mercredi s'est finalement déroulée de manière merveilleuse. Le matin, nous allons chez Camille pour prendre quelques nénuphars dans sa mare. Gérard est déjà là. Nous arrivons nombreux.

Camille nous fait, avec son immense gentillesse, le plaisir de la visite de ce lieu magique qu'elle a construit depuis 35 ans avec Hubert, dans le respect infini de la nature, des matériaux, des styles, avec cette volonté d'être un lieu inspirant, théâtre de vraies rencontres entre artistes et scientifiques, au cœur de leurs efforts respectifs de création.

Les cellules, un rien monastiques, qui les accueillent, communiquent avec cette magnifique ancienne grange centrale, « l'opéra », aménagée en salon rustique et lumineux. Avec ses arbres aux espèces recherchées, son potager japonais à côté du potager français, ses perspectives sur les bâtiments décorés de glycines, le lilas en fleur, ces immenses toits bourguignons, c'est un enchantement de découvrir tout cela…

Peu de temps après notre retour à la maison, le maréchal m'appelle. Comme convenu, nous descendons voir *Mousse* au pré pour le ferrer. Quel plaisir de voir qu'il a retrouvé, en moins de deux jours dans ce pré, une forme et un allant qu'il avait perdus en restant seul ici !

A la fin de cette journée si active, ouverte et variée, je sens quand même la fatigue et les symptômes de la chimio me rattraper : la gorge pique, les poumons chauffent, la voix faiblit. Il me faut d'avantage veiller, malgré l'envie et l'enthousiasme, à ne pas faire grand-chose, à laisser le repos faire son œuvre régénératrice.

En même temps que cette impression d'être plus vieux et plus fatigable, il y a dans cet état *post-chimio* un je ne sais quoi qui ramène à l'état de bébé: on se laisse prendre en charge par l'environnement, on a des faims un peu capricieuses, des maux de ventre, des problèmes de digestion ; un petit rot vient volontiers après le repas ; la peau est fragile et il faut la soigner avec des produits doux ; quelques brûlures à l'estomac, des démangeaisons ; tout comme les bébés également, pas un poil sur le caillou ni même sur le visage ; et aussi ce temps important passé à se reposer et à dormir...

Donc, au total, on a une bizarre impression d'extension de l'échelle du temps à la fois vers « l'avant » vers le bébé qu'on était et vers « l'après », avec cette faiblesse qui ressemble à de la grande vieillesse.

Finalement tout ceci, en même temps, renforce cette nécessité d'être très centré sur le présent pour en éviter les périls et en goûter les plaisirs.

L'homme a la mémoire courte des souffrances, en tout cas de la conscience qu'il en a : le cycle de fatigue revient après chaque chimio. On avait oublié que ça allait jusque-là : cette impression de paliers croissants, de lassitude... Drôle de maladie où le processus de guérison vous donne l'impression de vous y enfoncer toujours plus, par cycles successifs !

Samedi 30 avril :

C'est le grand jour : le mariage, porté par la chaleur du chœur roumain, la symbolique des gestes, le parfum de l'encens, la beauté et l'émotion des mariés, la chaleur des familles regroupées autour d'eux.

Au cœur d'un après-midi ensoleillé au château, la fête se prépare : la mélodie d'un piano qui répète ; jongleurs et acrobates s'exercent sur le gazon ; des petits groupes, de-ci de-là, profitent du soleil ; projections et sono s'ajustent ; les bouteilles se débouchent ; le buffet se met en place. De petits groupes arrivent progressivement par la cour et découvrent la beauté simple de quelques fleurs bien choisies.

Les heures qui suivent sont pleines d'émotion pour moi : sentir ma famille réunie, voir Gabriel et Raluca entourés de tous leurs amis, venus de loin pour certains et déployant tant de talent pour célébrer les moments passés ensemble et, surtout, ce moment magique du tango des mariés, mis en valeur par le trio de guitare, piano et violoncelle pour lequel Pauline et Manou se sont si fortement investis.

Dimanche 1er mai :

Nous voilà tous réunis à Charny pour le déjeuner comme dans une maison de famille où chacun se sent un peu chez soi, avec un beau soleil pour s'étendre à sa guise ; plaisir de la présence simultanée du père et de la mère, des neveux avec leurs jeunes femmes, un peu émues de tant de têtes nouvelles, mais si naturelles.

Lundi 2 mai :

Un bref aller-retour à Boulogne pour quelques soins et le plaisir de revoir, brièvement, avant leur retour outre-Atlantique, Gabriel, Raluca ainsi que ses parents ; l'occasion de se redire que le mariage a été merveilleusement réussi et de se promettre que l'on se reverra bientôt en Californie, en France ou entre les deux.

Lundi soir, au retour de Boulogne, Laurence et André nous accueillent dans une maison qu'ils ont entièrement rangée et nettoyée : plus aucune trace des 18 personnes qui étaient là la veille, de la dizaine de personnes qui y ont dormi; un dîner soigneusement préparé, pris au coin du feu. Quel luxe et quel cadeau que de se sentir ainsi reçu et accueilli chez soi !

Jeudi 5 mai :

Le moment est venu de faire notre première récolte de miel ; le colza est fané, les acacias sont en fleurs : les hausses sont pleines.

Gérard et Paul nous apportent le matériel, mais ce sont finalement nos apiculteurs québécois qui prennent la direction de ces opérations mystérieuses et nouvelles : enfumer, balayer, désoperculer, centrifuger, filtrer… Magie de cette crème blonde et transparente qui s'écoule dans le seau, délice de ce premier miel, tout odorant, encore chargé de cire… Surprise : il y en a 33 kilos, fabriqués en seulement quinze jours par ces ouvrières merveilleuses et zélées !

Le soir, quelques amis apiculteurs nous rejoignent pour l'apéritif : c’est l'occasion de fêter notre première récolte, de la goûter ensemble, de découvrir des tas de petits trucs, de savoir-faire, ainsi que des différences de pratique entre le Québec et la France.

Vendredi 6 mai :

Lundi dernier, au vu des dernières analyses de sang, mon oncologue me disait qu'il n'était pas certain qu'on puisse faire, dans la semaine à venir, le quatrième cycle de la chimio : les plaquettes étaient en effet descendues à 25.000. Si, d'ici la fin de la semaine, elles n'étaient pas remontées à 100.000, on devrait décaler.

Je lui ai demandé : comment faire remonter les plaquettes ? Pour lui, il n'y a pas de solution médicale, les transfusions étant réservées aux cas extrêmes. Je lui dis, ne plaisantant qu'à moitié : « Alors, il n'y a plus qu'à prier ! ». Il me répond, avec le sourire en coin d'un homme qui ne croit qu'à la science et à ses produits : « Si vous voulez ! ».

Par ailleurs, les globules rouges étaient descendus bien en-dessous des seuils. Là encore, il me dit que si ce n'est pas remonté à 8 g, on ne pourra faire la chimio que si on fait une transfusion en même temps!

J'avais donc un challenge clair et original cette semaine : *faire remonter globules et plaquettes.* Certes, il m'avait prescrit du Granocyte en piqûres pour faire remonter les globules blancs, de l'EPO pour les globules rouges, mais pour les plaquettes : RIEN, bien sûr.

Heureusement, Laurence et André étaient là, avec leur connaissance des bienfaits des produits naturels : ils me conseillent le jus de betterave cru bio, le matin et le soir, adouci par un peu de jus de carotte.

La centrifugeuse que Christine nous a offerte la semaine dernière va marcher à plein, pas que pour les betteraves : choux, brocolis, poires… Le tout est complété par les soins attentifs de Laurence en *shiatsu*, en *réflexologie* et en *reiki.*

Vendredi matin, c'était l'analyse de sang. Nous attendions le verdict en fin de journée. Vers 5 h, après être allées chercher les résultats, Christine et Laurence surgissent dans ma chambre, rayonnantes, alors que je sors à peine d'une sieste profonde : les plaquettes sont remontées à 120.000, les globules rouges sont au-dessus du seuil de 8g, les globules blancs sont remontés dans les normes et tous les autres indicateurs sont au vert ou presque !

Une vraie victoire d'équipe, que nous savourons tous les quatre car tout le monde s'y est mis cette semaine, par ses soins et ses souhaits pour faire remonter ces sacrées plaquettes. Et c'est plein de l'énergie que me donne cette bonne nouvelle que nous descendons voir *Mousse* dans son pré, puis que nous enchaînons quelques visites aux amis pour que les québécois fassent leur au-revoir avant de partir demain matin.

Ainsi s'achève une quinzaine particulièrement remplie, pleine de présence, de joie, de fête, mais aussi de soleil, de campagne, d'amis et d'amitié, d'attentions… Bref, de vrais moments de bonheur, malgré des moments très difficiles au plan physique et même quelques moments de lassitude à la veille de démarrer la quatrième ascension de cette longue course !

Une pensée particulière, au moment de clore ce long mail, pour Laurence et André qui nous ont accompagnés ces 15 jours, avec tant de bienveillance, de joie et d'attention, avec leur aide dans le domaine de la santé par les moyens naturels – ainsi que sur les abeilles – et leur présence active dans les tâches de la maison et du jardin : un grand merci à vous Lolo et André ! Et aussi à toute la famille qui est venue à l'occasion du mariage et merci à vous tous pour votre soutien et votre amitié ! On commence à voir le bout du chemin...

Bises,

Arno

4. Le dernier col.

Mail du lundi 16 mai 2011

Chers tous,

Voilà une semaine bien différente des deux dernières et, surtout, la dernière de cette nature… En principe.

Lundi 9/mardi 10 mai :

Enfin, le 4ème cycle commence. Me voilà de retour après quelques jours intenses dans un environnement connu, dans lequel mes habitudes sont déjà installées.

Jacqueline m'a fait un retour plein de compréhension sur mes derniers mails qu'Alain lui a fait lire ; nous convenons que je passerai les voir au sortir de la clinique ce mardi.

Elle-même est clouée chez elle depuis 6 mois à la suite d'une mauvaise chute à un âge où l'on s'en remet difficilement, malgré l'environnement de prières, d'entraide et de compassion qu'elle a su créer autour d'elle depuis si longtemps.

Elle me confie avoir du mal à accepter cette situation et me demande ce qu'il en est de ma propre maladie.

C'est une question qui va droit à l'essentiel.

Pour moi, le verdict du cancer initial est tombé, certes sans que je m'y attende, mais il est venu comme une réponse à des douleurs et des fatigues dont, depuis de longs mois, on ne trouvait pas les causes. D'une certaine manière, il est donc apparu comme un soulagement, car plutôt que d'être envahi *sine die* d'une fatigue et de douleurs chroniques inexpliquées, je me trouvais avec une maladie identifiée au traitement connu.

Il en a été de même 8 mois après l'opération, lors de l'annonce de métastases, ce qui m'est, là aussi, apparu comme une forme de délivrance, par rapport à cette inquiétude croissante que je nourrissais, faite encore de fatigue et de douleurs dont je redoutais qu'elles restent pérennes et chroniques.

Même si l'oncologue m'a annoncé sans détour l'âpreté de la chimio qu'il allait me prescrire, je n'en étais pas moins soulagé de connaître « l'ennemi » : j'allais pouvoir me consacrer pleinement à son éradication, avec l'aide de mon entourage et en me coupant, pour cette période, de mes occupations professionnelles.

Ainsi, l'acceptation ne m'a-t-elle pas posé véritablement de problème.

Je conçois qu'il en soit totalement autrement lorsque, d'une part, les choses surviennent par accident ou de manière brusque ; d'autre part et surtout, s'il n'y a pas de diagnostic porté ou de solution médicale véritablement identifiée pour échapper à ce mal qui vous ronge ou qui vous handicape.

Cela me rappelle notamment Jean-Marie, l'un des *piliers* de CAP Saint-Martin, dont j'ai déjà parlé : sa sclérose en plaques à déploiement rapide a été diagnostiquée tardivement ; le diagnostic aurait pu être un soulagement mais cela ne l'a pas été, car le médecin lui a annoncé qu'il n'y avait pas véritablement de traitement et encore moins de prise en charge médicale, tant les espoirs de guérison étaient faibles. En l'espace d'un temps assez court, il a quasiment perdu l'usage de ses jambes.

J'imagine que l'acceptation a été très difficile pour lui.

Mais l'homme que j'ai rencontré avait totalement dépassé cette question d'acceptation; il avait simplement reconnu que sa vie avait basculé et que rien ne serait plus comme avant. Il avait choisi de vivre dans le présent, dans le bonheur de l'instant présent, au point de dire aujourd'hui qu'il se sent au-delà de l'Oméga, c'est-à-dire hors de l'échelle du temps ; que le temps n'a plus vraiment d'importance pour lui, qu'il n'attend rien d'autre de demain que de le vivre avec la même intensité qu'aujourd'hui.

Dans cette acceptation, il a trouvé le moyen de s'appuyer sur une seule certitude ; c'est qu'il n'échappera pas à sa condition *physique* actuelle : il n'y a pas de chemin de rémission ou de guérison possible.

En ce qui me concerne, j'accepte ma maladie d'autant plus facilement que je sais qu'il existe un chemin de guérison possible – et même fortement probable – au point que je suis convaincu que cela *va* se faire, que cela *se fera*, que cela *se fait*.

Jean-Marie, lui, semble accepter son état car il est convaincu qu'il n'y a *pas* de guérison possible ; que les choses peuvent d'ailleurs empirer du point de vue de sa paralysie et qu'il a réussi, sur un autre plan, à dépasser tout cela.

Lorsqu'on espère la guérison, sans qu'un diagnostic certain soit encore porté, sans que les moyens de cette guérison soient avérés, j'imagine que l'acceptation est bien plus difficile. C'est, au fond, la question de l'acceptation de l'inconnu, d'un inconnu menaçant, fait de douleurs et de limitations.

Une autre dimension de l'acceptation, c'est de comprendre de quelle ornière ou de quelle impasse l'accident ou la maladie vous fait sortir. Guy CORNEAU, dans son livre « Re-Vivre »[8], prétend par exemple qu'un cancer est toujours une réponse du corps à une situation de vie qui est devenue trop inconfortable ou carrément insupportable.

Ce n'est pas si évident que cela, lorsque je regarde autour de moi ceux qui en sont atteints. En ce qui me concerne, j'ai conscience d'avoir vécu ces trois dernières années, au plan professionnel, une situation d'une grande intensité, mais aussi d'une grande difficulté. L'évolution qui s'était faite courant 2010 allait plus dans le sens de mes aspirations, mais m'amenait à un positionnement délicat, avec un avenir difficile à tracer.

Mercredi 11 mai :

Trois visites ponctuent cette journée de chimio. Cela commence par une visite rapide et impromptue : celle de mon oncologue. Il est manifestement rassuré d'avoir vu mes plaquettes remonter avec autant d'ardeur. Il m'épargnera peut-être la dernière journée de chimio, si bien que, dans ce cas, j'aurai terminé dès lundi prochain. Je commence donc à apercevoir l'ultime col à passer.

C'est donc tout naturellement que, dans l'échange avec Jean-Marc qui vient me voir ensuite, je commence à me projeter pour la première fois dans « l'après ».

Cette expérience, cette tranche de vie particulière, douloureuse et difficile que j'aurai vécue, je ne souhaite pas, au fond de moi-même, la voir s'effacer, ni revenir simplement à un mode de vie antérieur, tout habité du « faire » et de « l'avoir ».

Ce voyage du côté de la grande faiblesse, de la fragilité de la santé, de l'inaction et de la dépendance, non qu'il soit agréable bien sûr, fait cependant tomber bien des œillères.

Doté d'une exigence particulière sur le besoin de sens et, au même moment peut-être, d'une sensibilité particulière ; nourri par une actualité que j'ai pu suivre de très près du fait de ma disponibilité – en tous cas intellectuelle – j'ai le sentiment que nous vivons un moment important dans l'histoire de notre époque : le triple cataclysme subi par le Japon montre, justement sur le territoire d'Hiroshima, qu'une paix immature peut être presqu'aussi dévastatrice qu'une guerre. Les *printemps arabes* montrent, eux aussi, les limites du principe de non-ingérence et démontreront vraisemblablement l'impuissance des communautés internationales à gérer dans le temps, au-delà de coups d'éclat comme la défense de Bengazi ou l'assassinat de Ben Laden, des sujets aussi délicats. Et ceci, malgré la prise de conscience accrue de bataillons de jeunes, récemment éduqués et particulièrement informés, qui prennent le risque de donner corps à leurs aspirations de liberté.

Et aussi, les vrais débats dans lesquels on commence à entrer, sur le juste point d'équilibre entre la dimension environnementale et la dimension économique de l'énergie : concernant l'énergie nucléaire, faut-il accepter la multiplication par 4 du coût de notre électricité pour en sortir ? Comment, dans ce cas, gérer l'effondrement prévisible de la valeur financière et boursière des grands acteurs du nucléaire, dès lors qu'on en annoncerait la sortie ?

Ou encore, la question du gaz de schiste : quels risques environnementaux faut-il accepter de prendre, pour accéder à une ressource gazière qui ne nous coûterait que deux fois le prix de revient réel dont bénéficient aujourd'hui les pays pétroliers et gaziers ?

Là encore, comment résister aux pressions considérables des géants de l'énergie que nous avons laissés se construire et prospérer ? Quelle part de ces richesses potentielles dans les sous-sols profonds faut-il reconnaître aux propriétaires des sols? Peut-on faire confiance aux gouvernements qui se succèderont sur plusieurs décennies pour utiliser ces ressources fossiles, nouvellement accessibles et rentables, afin d'accélérer le passage à une énergie propre et mieux répartie?

Parcourant par hasard le livre que vient de sortir Philippe BLOCH, « Service Compris 2.0 »[9], qui remet au goût du jour du web et des nouvelles technologies son apologie du service, « Service Compris »[10], qu'il avait sorti voici 15 ans et qui m'avait passionné à l'époque, je ressens aujourd'hui profondément tout ce qu'a de superficiel cette course au profit par la fidélisation des clients et la motivation des salariés sur le sujet. Je n'ai pas envie d'être à nouveau saisi, envahi même, par un faisceau de telles préoccupations professionnelles, trop éloignées des métamorphoses en profondeur que le monde s'apprête sans doute à vivre – j'ai en tout cas l'optimisme de le penser.

Après avoir évoqué ensemble ces différents points… ou plutôt points d'interrogation, Jean-Marc me dit, avec cette sorte d'assurance qui le caractérise que, de toutes façons, je ne pourrai pas, après cette épreuve et ce cheminement, revenir à mon activité antérieure…

Bizarrement et sans vraiment prévenir, *ils* ont allégé le protocole de chimio et je sors une heure plus tôt.

C'est donc avec Pauline, qui m'a rejoint pour le déjeuner, que je rentre tranquillement à la maison et au moment où elle s'en va, un peu en retard pour rejoindre son bureau, c'est Manou qui arrive, tranquille, pour passer un bout d'après-midi avec moi ; il me charme avec sa curiosité de toutes choses, sa manière de prendre le contre-pied d'idées évidentes, sa découverte de PROUST, ses étonnements devant la dissection des insectes ou la création monétaire, ou encore sur les vertus thérapeutiques de la propolis à laquelle il a finalement décidé de s'intéresser.

Jeudi 12 mai :

Après cette belle journée de mercredi riche d'échanges, je me sens assez bien en énergie, au point – un peu inconfortable – où l'inaction commence à me peser, sans pour autant que l'action me soit encore possible.

C'est à ce seuil précis que pourrait naître l'ennui, comme un appel du grand air auquel on ne peut encore répondre, ce que je n'ai jamais véritablement connu depuis le début de ce parcours.

Vendredi 13 mai :

Finalement, cette dernière semaine de chimio aura passé comme un éclair : ce matin, à peine suis-je installé à la clinique, que Christine arrive après un détour inattendu sur son trajet. Elle est sur le point de partir lorsqu'arrive, là encore de manière imprévue, Patrick, un ex-collègue banquier dont l'histoire me touche ; il est sur le départ après 6 mois de maladie à la suite de laquelle, dans la confusion d'une fusion, il n'a pas retrouvé sa place, ce qui a finalement sonné le moment d'une retraite un peu avant l'heure.

Je m'assoupis un moment après son départ et, à mon réveil, je trouve un mot d'Alain sur ma table:

«*10h30. Cher Arnauld, tu dors... La paix se lit sur ton visage. Qu'elle t'accompagne dans le renouveau de ta vie. Avec toute notre amitié...* ».

Merci de cette attention.

J'écoute un peu de musique, les poches de perfusion se succèdent, il n'est pas encore midi que Christine est déjà de retour. La chimio est presque terminée. Cela a été beaucoup plus vite aujourd'hui, comme pour marquer la dernière journée de la dernière semaine pleine.

J'échappe donc au repas de la clinique pour déjeuner avec Christine au petit restaurant italien d'à côté : plaisir, pour la première fois depuis bien longtemps, d'un restaurant, presque *comme si tout était normal,* puis retour à la maison tranquillement sous le soleil d'un vendredi après-midi ordinaire.

J'ai le sentiment d'être presque au bout de mon ascension : encore un col sans doute à passer ce week-end et on devine derrière, pas si loin, une longue descente, un retour progressif vers une bonne condition physique et une vie plus active et interactive allant vers, je l'espère secrètement, des horizons nouveaux et intéressants.

Merci à tous de vos pensées, de votre présence, de votre soutien, de vos prières. Avec toute mon affection et mon amitié,

Arno

5. Le retour dans l'atmosphère.

Mail du mercredi 1er juin

Chers tous,

Le souvenir de cette semaine – celle qui a suivi la dernière séance de chimio – s'éloigne progressivement, comme un radeau qui dérive lentement avec le cours du fleuve ; les lignes qui la décrivent m'apparaissent comme les photos déjà jaunies d'une période totalement révolue – je l'espère – alors que la forme remonte progressivement, avec des globules rouges et blancs qui reviennent et un peu d'activité physique (marche, vélo...). Tout cela si bien entouré et soutenu ici, à Charny, par Christine, les amis et Maman qui est avec nous pour cette semaine...

Je vous joins donc les quelques lignes ci-après, en forme de flashback, pour clore le chapitre

« Chimio ». Lignes qui auront été les plus difficiles à rédiger sans doute, vu le niveau de faiblesse et de douleurs qui m'avait saisi...

Grosses bises à tous,

Arno

Lundi 16 mai :

L'énergie a bien décliné ce week-end, comme prévu après une semaine de chimio.

Samedi, j'étais encore vaillant pour aller faire un tour au concours hippique de l'Ecole Polytechnique, un bon moment au soleil ; plaisir de revoir Patrick et de découvrir son si bel étalon bai. Dimanche, Manou vient déjeuner mais je dois vite m'écrouler pour une longue sieste.

Ce lundi matin, je prends une bonne heure pour aller jusqu' à la clinique, tellement je marche à deux à l'heure.

Un déjeuner amical avec Luc, qui me réchauffe par sa rondeur, sa vivacité et son empathie ; je m'anime progressivement dans l'échange mais, bien vite et il s'en rend compte, l'énergie décline.

J'enchaîne sur ma chimio du lundi et je m'écroule littéralement : c'est l'infirmière qui me réveille lorsque c'est fini. Il faut dire que mes globules rouges étaient redescendus à 8,5. Il n'en aurait pas fallu beaucoup moins pour reporter la chimio...

Mon oncologue me confirme qu'effectivement, on va s'arrêter là et que maintenant, mon objectif sur les 3 mois qui viennent, est de me reposer. Grand soulagement, bien évidemment, de savoir que c'est la fin de ces montagnes russes !

Je rentre en taxi. J'ai l'impression de n'avoir jamais été aussi épuisé. Je passe l'après-midi allongé, inactif, somnolent ; peut- être que, sachant que c'est l'une des dernières journées de cette nature, je me relâche déjà, en mettant moins de volonté à réagir et à la surmonter, un peu comme un sportif succombe à la fatigue seulement après avoir franchi la ligne d'arrivée d'une épreuve de fond.

Les retours à mon mail du lundi matin commencent à arriver et me réchauffent le cœur. Demain commence une autre marche, autrement plus agréable : celle de la reconquête d'une condition physique.

Mardi 17 mai :

A la joie de voir la ligne d'arrivée, succède la prise de conscience qu'on ne l'a pas encore franchie : dans une course de fond, quelle qu'en soit la distance, les derniers kilomètres sont toujours les plus durs.

J'ai le souffle plus court que jamais; la tête me tourne dès que je me lève vite, avec beaucoup de tensions, peu de recul et un moral qui continue à se laisser entraîner par ce corps qui plonge, comme attaché par une lourde pierre.

Heureusement, à Charny ce mardi, c'est un enchantement : les roses sont épanouies, groseilles et cerises prennent forme, les fraises sont presque mûres, le soleil déjà rasant caresse chaudement le calme environnant. Les oiseaux font comme la fête ; même un coucou passe à deux pas comme pour nous saluer. Les abeilles sont actives, les acacias presque fanés. Il faudra vite sortir le miel.

Malgré la fatigue qui reste extrême, je commence véritablement à prendre conscience que la page se tourne.

C'est fini : je suis là pour trois mois de convalescence, à profiter pleinement de cet environnement enchanteur, pour me remettre véritablement sur pied.

Jeudi 19 mai :

Encore une journée bien difficile :au moindre mouvement, mon pouls monte à 120, voire plus ; obligation d'une longue immobilité ; maux de tête, de gorge, de bouche ; douleurs. Alors que la chimio est finie, je m'attendais à une disparition progressive des symptômes et à un retour en forme. J'ai, au contraire, l'impression que, celle semaine, chaque jour est bien plus difficile. Comme à l'arrivée d'une course de fond intense, quand on a stoppé l'effort et la volonté de surmonter fatigue et douleur, cela vous tombe dessus.

Le corps reste tendu, l'esprit inquiet. Il me faut reprendre le dessus : c'est une deuxième course qui commence, qui va nécessiter aussi de la persévérance pour, méthodiquement, évacuer douleur, fatigue et crispations accumulées. Ce n'est pas une pente douce sur laquelle il suffit de se laisser atterrir.

Samedi 21 mai :

Hier matin, analyse de sang. Dès 10h, alors que nous étions déjà revenus et en train de prendre le petit déjeuner, appel du service chimio qui avait déjà reçu les résultats : « Vous avez 7,7g d'hémoglobine ; il faut faire au plus tôt une transfusion de sang ». Je comprends maintenant le pourquoi de cet excès de fatigue. Il faut donc que je gère cela jusqu'à lundi. Je suis presque condamné à l'immobilité et quasiment au silence, avec un mal de bouche et de gorge qui monte.

Malgré tout, les occasions de convivialité ne manquent pas : présence de la mère de Christine et de Denis, de mes parents, qui se sont arrêtés une demi-heure sur leur trajet de retour vers Lyon, et bien d'autres occasions d'apéritifs.

Dimanche 22 mai :

Nous avons décidé de partir au plus tôt pour rentrer sur Paris, tant je suis fatigué. Nous déposons au passage la maman de Christine chez elle, contente d'avoir passé quelques jours à la campagne chez nous, avec sa bonne humeur inaltérable. Denis, lui, rentre en vélo et repasse chez nous le soir à Boulogne pour chercher ses affaires.

Lundi 23 mai :

Enfin, le lundi salvateur arrive ! D'abord un scanner. Il révèle que tout semble en ordre : pas de nouvelles métastases ; et des anciennes, ne restent que quelques traces attribuées à des lésions purement osseuses.

Ensuite, à la clinique, la transfusion tant attendue. Déjà, au bout de deux heures, je me sens nettement mieux : ça aide d'avoir la bonne quantité de globules rouges.

Enfin, entretien avec mon oncologue : il diagnostique tout de suite que ce sont, non pas des aphtes, mais des champignons qui ont envahi ma gorge et fait enfler ma langue... Conséquence assez classique de la chimio, due aux déficiences immunitaires. Effectivement très douloureux ! Ça se traite bien, assez vite... Pour le reste, un « PET scan » programmé fin juin et du repos jusque-là. Il dicte le bilan de fin de traitement. « Heureusement, me dit-il, que l'on a supprimé la 12ème Bléomicine, vu les dégâts aux poumons révélés par le scan ! »

La forme et le moral remontent donc progressivement tout au cours de la journée...

Mail du jeudi 30 juin 2011

Chers tous,

Effectivement, mon dernier mail a plus de trois semaines et je commence à recevoir quelques messages de ci, de là... Comment, plus de nouvelles, tout va-t-il si bien ?

Avec l'énergie qui reprend progressivement, la vie et l'activité ont repris leur cours... pour l'essentiel à Charny. Je profite d'un court passage à Boulogne pour me mettre devant mon micro.

Ces dernières semaines, chaque jour, j'ai vu la forme progresser : une marche un peu plus longue, un peu plus pentue, un trajet en vélo plus rapide ; la sensation de froid qui disparaît, le mal de gorge qui s'estompe. Les restes de la chimio ne sont pas tous partis : encore des bouts de doigts sensibles, des oreilles qui sifflent sans qu'on ne leur demande rien... Bizarrement aussi, un certain nombre de douleurs articulaires qui étaient occultées par les produits de chimio sont réapparues. Et le sommeil naturel revient.

Et surtout, le plaisir de pouvoir agir, de participer, que ce soit à des activités quotidiennes dans la maison ou dans le jardin, ou à des activités sortant d'avantage de l'ordinaire : la participation au vide-grenier, avec l'équipe de CAP Saint-Martin dimanche dernier, a été un grand moment : un grand moment d'amitié, de solidarité, d'esprit d'équipe et aussi de simple plaisir d'être là, non pas comme un malade, mais comme un participant. Avec, à la clé, une belle recette pour l'association dont nous sommes tous fiers.

Avec Christine, nous voilà partis pour un bel été, à Charny presque sans interruption pour les deux mois qui viennent ; nous préparons activement une semaine de randonnée sur le chemin de Saint-Jacques en Septembre, entre Conques et Cordes.

D'ici là, quelques *randos* organisées autour de Charny, vendredi prochain d'abord, puis le 9 juillet à l'occasion de la journée *cyclotourisme* organisée par

CAP Saint-Martin, me permettront de me remettre en jambes.

Reste ce qui ne sera, je l'espère, qu'une formalité : le « PET scan » du 29 juin, avec des résultats le 4 juillet, pour confirmer la disparition des métastases... Si ce n'était pas le cas, j'aurais simplement « droit » à recommencer le cycle des chimios... Ce n'est pas rien, mais ce n'est pas non plus la mer à boire... juste une mare, tout au plus un étang...

Donc, au 5 juillet pour d'autres nouvelles !

Bises affectueuses à tous,

Arno

Mail du jeudi 7 juillet

Chers tous,

Voilà, comme convenu, les quelques nouvelles attendues.

Lundi 4 juillet :

Les images sont là, étalées sur le bureau de l'oncologue. Il me confirme ce que j'attendais depuis quelques jours déjà : la disparition des métastases ! Ce chemin long et difficile n'aura pas été vain.

La porte est maintenant grande ouverte sur une nouvelle période : la convalescence et le suivi.

Il reste à faire en sorte, pendant les mois à venir, que les dégâts collatéraux de la chimio disparaissent : cette sensibilité aux mains et aux pieds, cette sensation de fatigue, ces sifflements dans les oreilles. Il ne me cache pas que cela *pourrait* ne pas disparaître, le Cisplatine et la Bléomicine du protocole pouvant induire quelques effets irréversibles.

Par ailleurs, la surveillance sera essentielle : les métastases ont disparu – du moins, l'image visible des métastases a disparu – mais des zones cancéreuses de moins d'un millimètre peuvent avoir subsisté çà et là et peuvent se redévelopper. Comment l'éviter ? L'homme de science que j'ai en face de moi me dit qu'aucune méthode de prévention, notamment pour ce type de cancer, n'est validée par des études sérieuses et qu'il ne peut, pour sa part, cautionner d'autres approches.

Je sors de ce rendez-vous avec, au cœur, une joie profonde d'avoir tourné la page, d'avoir réussi, d'avoir gagné et, en même temps, avec ce léger *bémol* en tête, la conscience des menaces qui subsistent et de la vigilance qu'elles nécessitent : ce point d'interrogation sur la durée des séquelles, cette question sur *comment faire pour que ça ne revienne pas*, cette sourde menace du retour éventuel des métastases avec, dans ce cas, la perspective d'un nouveau cycle de chimio ; c'est sans doute ce que souhaitait d'ailleurs susciter l'oncologue, soucieux que ses patients se montrent rigoureux dans le suivi !

Ce dîner de lundi soir, chez François et Laurence, arrivait à point nommé pour fêter tout ça, dans l'écrin de ce petit jardin si parisien, dans la chaleur de l'amitié et la sérénité de cette maison rénovée de fond en comble. A travers François, c'est un peu comme si tout le réseau d'amis qu'il anime si bien était là ce soir ; François qui, pendant cette période, n'ayant pu juger que par mes écrits du niveau de fatigue dans lequel j'étais tombé, m'a abreuvé, au fil de ses déplacements, de cartes postales de toute la France, aussi positives que laconiques, faute, me dit-il maintenant, de bien savoir comment marquer sa compassion sans souligner l'épreuve.

Mardi 5 juillet :

Après avoir partagé la bonne nouvelle avec mon généraliste, je vois un *étiopathe*. Je lui fais part de mon attente : comment limiter les risques de rechute et accélérer le retour à la santé ? Alors même que la médecine classique est muette sur ces deux points, que peut faire l'étiopathie?

Il m'interroge consciencieusement, m'examine, procède à quelques massages très ciblés sur l'abdomen et la colonne vertébrale et conclut en disant qu'effectivement, quelques séances pourraient suffire à éliminer des tensions accumulées sur les lombaires supérieures d'une part, sur le pylore d'autre part. Dans l'approche étiopathique, ce sont des zones de tensions susceptibles de générer, ailleurs mais dans le même étage corporel, des faiblesses favorisant les résurgences cancéreuses.

L'attention et le regard de l'étiopathe me paraissent convaincants.

Les points de douleurs identifiés sont réels et précis. Ça mérite d'essayer... Rendez-vous est pris pour une deuxième séance.

Après avoir passé à peine 24 h à Boulogne, chargés de toutes ces bonnes nouvelles mais déjà lassés de la ville, nous revenons sur Charny sous un soleil d'été.

Nous avions prévu, déjà depuis quelque temps, d'aller arroser tout cela chez Hubert et Camille, comme ils l'avaient proposé, avec Gérard et Marie-Claude. Quel beau moment nous avons passé tous les six !

Je suis profondément heureux et, sans doute, un peu honoré de cette initiative toute de gentillesse et de spontanéité, alors que nous ne nous connaissons que depuis peu.

Un moment très authentique, avec de vrais échanges sur des sujets personnels comme sur des sujets généraux, nourris par une rare qualité d'écoute alliée à tant d'intelligence de l'homme, de connaissance de la nature, d'enthousiasme, de générosité, le tout dans cette grande cour carrée, rénovée dans le respect de ce qu'elle est et de ce qu'elle a été.

Une *fête de guérison* qui contribue à la guérison elle-même ; j'en sors avec une invitation supplémentaire à reprendre mes écrits sur cette période, dans un livret qui pourra servir à d'autres.

***

Voilà. Je suis vraiment sorti de l'œil du cyclone. C'est une nouvelle ère pour moi.

Je suis plein de reconnaissance pour tous ceux et en tout premier lieu Christine, qui m'ont aidé à franchir ce passage, ce col si élevé. Beaucoup d'entre eux sont destinataires de ce mail, mais il y a aussi les soignants, les amis de CAP...

Beaucoup de choses ont changé pour moi. Je ne suis pas sûr d'en avoir encore totalement pris la dimension, d'en avoir totalement fait l'inventaire. Je me souhaite d'y rester attentif, vigilant, fidèle en quelque sorte à ce que j'ai dû remettre en cause.

Il y a de la purification dans le passage par cette phase douloureuse, comme dans un jardin sarclé qu'on souhaite préserver des herbes qui reviennent.

… Mais peut-être est-ce un mythe?

Arnauld

PARTIE II

Le Chemin

Comment est venue cette idée de Saint-Jacques ?

En pleine chimio, nous étions tombés sur un reportage à la télévision concernant un groupe de femmes sortant toutes d'un cancer du sein. Pour mieux vivre leur rétablissement et échapper à l'inaction qui peut peser sur une convalescence, elles s'étaient fixé ensemble le défi de traverser la baie de Venise à la rame. Dès lors, elles s'étaient entraînées, sur la Marne je crois et, fin prêtes, étaient allées se mesurer à Venise. Et elles avaient réussi.

Je me suis dit que l'idée de se donner une sorte de défi physique était bonne. J'ai tout de suite pensé au chemin de Saint-Jacques, exigeant sans être trop difficile, balisé et plein de sens. Christine a tout de suite applaudi à cette idée, ainsi que notre ami Gérard, d'autant plus enthousiasmé que cela s'inscrivait bien dans le contexte de l'association CAP Saint-Martin qu'il présidait.

Très vite, cela s'est donc transformé en l'aventure collective d'un groupe de six personnes, chacun partant avec ses doutes, ses problèmes de santé et l'espoir de les dépasser.

C'est bien ce qui s'est produit, sans doute au-delà de nos espérances respectives.

1er jour : l'effort.

Nous sommes arrivés de l'Yonne hier après-midi, dans ce site magnifique de Conques. Nous six. Une grande fatigue après cette journée de *voyage immobile*, sous cette chaleur pesante. Dans le grand réfectoire de l'abbaye des Prémontrés, mes oreilles sifflent. Je marche difficilement, même pour aller, à l'appel de mon nom, chercher la *Créanciale* que nous remet l'Abbé dans la cathédrale, à l'issue de l'office des Vêpres.

Le chant grégorien monte jusqu'aux voûtes, dans sa pureté et sa simplicité. Etrange fascination que ces hommes exercent sur moi, habités de ce lien qu'ils nourrissent avec un au-delà qu'ils appellent Dieu.

Leur présence bienveillante donne le ton à notre *chemin* : ils vont jusqu'à nous offrir un évangile de poche.

Au petit matin, la nuit encore noire, nous laissons notre reste de bagages dans la voiture et nous nous préparons à descendre à travers le village vers le petit pont de pierre.

Au sortir du village, l'ascension est magnifique et terrible, par le chemin de roches au sein de la forêt, usé par le pas de siècles de pèlerins, vers la petite chapelle qui domine le village à mi-pente.

Je suis parti sur ce chemin, comme pour consacrer ma guérison. Jusqu'au dernier moment, vu mon mal aux pieds, je craignais de ne pouvoir le faire. Maintenant, je ne doute plus mais je souffre. J'ai recours, dès cette première journée, à cette posture de distanciation vis-à-vis de soi-même, qui m'avait tant servi lors de certaines périodes de la chimio.

Mais je sais que je peux compter sur ceux qui m'accompagnent et le site est tellement enchanteur que j'en oublie le reste.

Après la montée encastrée et boisée, c'est déjà la campagne vallonnée et ouverte. Je commence à prendre le rythme. Je me concentre sur les points de douleur. Le rythme lent et régulier de la marche favorise ma réflexion.

J'interroge mes désirs et mes intuitions sur la manière de gérer ces quelques années qui me séparent de la retraite. Mon objectif prioritaire est de ne pas provoquer de rechute par une posture de vie inadaptée. Ce n'est pas tant le stress, la pression ni la charge de travail qui sont nocifs. C'est sans doute plus le sentiment d'impuissance qu'ils génèrent dans certaines conditions.

2ème jour : l'essor.

Le chemin s'élève en passant par les thermes au-dessus de Cransac où, après une très brève montée vers la forêt, on est saisi par la fraîcheur de l'air purifié par les acacias.

Ce matin, chaque pas est encore difficile.

Il se trouve que j'ai des lunettes de soleil qui tirent sur le rose. A les mettre, je sens une forme de douceur m'envahir. Il faudrait étudier les correspondances entre les couleurs, les états d'esprit et les états d'être – certains l'ont sans doute fait – et en tirer parti pour l'harmonie des groupes et des relations. Certains l'ont sans doute fait aussi. Apprendre à mettre, virtuellement, des lunettes roses, jaunes ou vertes en fonction des circonstances. On pourrait faire de cette forme de *subjectivité* une méthode, notamment pour mieux se comprendre, mieux percevoir le point de vue de l'autre et relativiser ses propres obsessions. Il me vient par là des éléments de réponse à la question formulée hier, sur la manière d'orienter mes activités des années à venir.

C'est après cette prise de conscience et comme si c'en était un fruit que mon mouvement de marche devient plus souple, plus léger.

Nous descendons sur Aubin par le calvaire et remontons, sur le versant opposé, dans une forêt de châtaigniers. J'accompagne cette souplesse retrouvée et, progressivement, dans cette matinée du deuxième jour, l'accélération me vient au milieu d'une côte longue, régulière, presque monotone : je sens mon rythme s'accélérer, le souffle s'installer, les douleurs disparaître, comme si, tout d'un coup, la guérison était là, comme si un col était passé. Et j'arrive à cette ferme du Prat bien avant toute l'équipe.

Encore un vallon à franchir et nous déjeunons délicieusement sur une table de pierre dressée sous un noyer. Comme chaque fois, la remise en route est difficile. Douleurs, montées et descentes. Dans la forêt de châtaigniers, la marche est maintenant plus légère, le corps plus délié. Après la montée à Peyrusse-le-Roc, village fort d'un passé où il régnait sur 60 000 âmes, il nous faut encore monter les deux étages du gîte, par un escalier étroit, pour atteindre nos chambres sous les combles.

3ème jour : les sens.

Nous descendons de Peyrusse-le-Roc, à travers les ruines impressionnantes de ce que fut cette cité avec sa cathédrale aux douze chapelles, l'hôpital des anglais… jusqu'à un fond de vallée humide et chaud, une ambiance un peu tropicale, qui exhale de multiples parfums.

J'essaie de reconnaître chacun d'eux et je poursuis pendant de longs kilomètres, mon attention exclusivement centrée sur les sens – l'ouïe, la vue avec un regard doux, décontracté et global ; et même le toucher avec le contact des vêtements sur la peau, la sensation du sol sous les pieds – et, un peu plus loin, après une montée sous le soleil, le goût fabuleux, chaud et sucré de figues bien mûres, cueillies sur un arbre, qui nous attendaient en haut.

Je goûte pendant des kilomètres, dans le silence de la marche, le plaisir de cette présence à soi, attentive et détachée, globale, qui finit par s'évanouir dans l'attention aux sens, sollicitée par un environnement rieur, parfumé, musical, aux couleurs si douces qu'elles vous caressent les yeux.

La marche est maintenant beaucoup plus déliée.

Je garde alors une conscience large, tout en m'attachant, par un effort d'attention, à détecter puis à dissoudre les points de tension du corps.

4ème jour : l'essence.

Face à la douleur et à la fatigue, j'adopte désormais de manière plus systématique cette posture que j'appelle pour moi-même *Méta*, dans laquelle je place ma conscience au-dessus de moi-même et je regarde avec distance, attention et comme avec une forme d'objectivité, cette douleur ou cette fatigue. Je l'empêche de me créer des tensions et je finis par la faire disparaître.

Je m'aperçois au fil des réflexions, des observations, des expériences sur *le chemin*, que je peux aussi bien faire cela sur des points de tension générés par des envies ou des désirs issus de quelque chose d'extérieur à moi-même : un désir d'imitation, une envie de posséder… quelque chose ou quelqu'un ; une envie de paraître. C'est comme une série d'aimants qui vont conditionner des actions ou des mouvements intérieurs.

Les regarder d'un peu plus haut que moi-même les fait fondre et m'en libère. Et je trouve – ou retrouve – une forme de fluidité, jusque dans les gestes.

De même les peurs provoquent-elles un mouvement et une crispation. Les regarder fixement les fait disparaître. Je parle des petites peurs qui peuplent, quelquefois à notre insu, notre vie intérieure.

Dans ce moment de détachement, je dirais volontiers de « dés-attachement », la volonté ne pose plus de problème : ni la peur de perdre ce que l'on ne fera pas, ni celle de ne pas réussir ce que l'on fait. C'est un lieu où liberté et volonté se trouvent en symbiose.

Ceci permet de fixer l'attention sur quelque chose de plus essentiel, de plus global, autant extérieur qu'intérieur à soi-même, un *quelque chose* qui a la chaleur d'un *quelqu'un,* presque une présence…

5ème jour : le bâton du pèlerin.

Malgré le retour de la forme, la mise en route reste lente le matin, comme après chaque arrêt, du fait de douleurs aux pieds et aux articulations qui ne s'estompent que peu à peu dans la matinée ; le rythme lent et monotone de la marche qui vous envahit, la conscience qui vient se placer au-dessus de soi, dissolvant les tensions, à force d'attention, laissant jouer la souplesse qui découple le corps et la tête, la tête et l'esprit.

Les réflexions très mentalisées des premiers jours sur l'orientation de mon activité ne sont plus de mise ; elles ne sont qu'un point de préoccupation qui se tient tranquille dans un paysage intérieur élargi. Au pied de la longue montée vers Najac, à travers des sentes serpentant dans les châtaigniers, je choisis un bâton soigneusement, au hasard du chemin, pour remplacer mes bâtons de marche laissés dans la voiture. Le contact du bois est plus sincère et plus authentique ; il donne de la vigueur au bras qui le manie.

Dans cet état d'être, dans le silence de la marche, je prends une posture d'écoute, comme celle dont j'ai ressenti la présence, dans l'abbatiale de Conques ou encore dans la salle de prière du monastère de Karsha au Ladhak, ou en quelques autres circonstances. Une posture d'écoute par rapport au *tout*, à l'univers, un peu comme ces grandes oreilles que les astrophysiciens installent dans les montagnes, pour écouter le bruit de l'espace infini, des étoiles, des galaxies et du passé immense.

Je ressens ce lien avec cet ailleurs où il n'y a plus ni espace ni temps, cet ailleurs qui préexistait à leur différenciation et qui est peut-être ce ciel dont nous parlent les religions, qui est l'envers caché du décor de nos vies, qui en expliquerait tous les mystères, car ni le temps ni les distances n'y existent encore.

6ème jour : l'ouverture.

Après une petite montée, progressivement s'offre à nous, comme un présent attendu, ce bourg de Cordes, ramassé au sommet de son mamelon ; il se laisse admirer longtemps au long de cette marche d'approche qui n'en finit pas et se termine par des ruelles étroites, pentues, pavées, bordées de maisons aux pierres nobles, qui débouchent, tout en haut, sur l'esplanade ultime. Elle nous offre à rebours, sur une vaste étendue, tout le chemin parcouru.

Nous nous étreignons de joie d'avoir réussi, d'ailleurs bien au-delà de nos espérances, ce parcours que chacun, pour des raisons un peu différentes, craignait de ne pouvoir terminer.

J'ai le sentiment d'avoir vraiment tourné une page, dans ma guérison et ma convalescence ; d'avoir chassé des doutes, retrouvé une solidité et un équilibre.

Je reçois comme une invitation à poursuivre tout cela, à construire sur cela, sous deux formes : tout d'abord celle d'une petite galerie, au coin de la halle ancienne, qui présente quelques sculptures massives en bois, formes étonnantes dans lesquelles on peut s'asseoir ou se tenir debout et se remplir de leur odeur de cèdre et aussi, je le ressens vite, de leur énergie.

Intrigué, je pousse plus loin la visite et je découvre de salle en salle, d'étage en étage, un vaste bâtiment sur quatre niveaux, toujours plus ou moins en chantier, conçu comme une invitation à partager une fascination pour Ma Anandamayi, sainte indienne aujourd'hui disparue. Un étage entier où même les combles sont aménagés en salle de méditation. De grandes feuilles de papier affichent, écrites à la main, certaines de ses pensées et préceptes mais aussi ceux de Maître Philippe, guérisseur du début du siècle, qui tenait l'absence de toute médisance comme une clé d'entrée dans la sagesse et vers la guérison.

Le deuxième clin d'œil, je le reçois en quittant ce beau gîte « Aux balcons de la Vaysse », en mettant la main sur un livret – de travail sans doute – laissé là *par oubli* et faisant état sur trois ou quatre pages, de la méthode du Dr VITTOZ. Contemporain de Freud, moins connu bien sûr, approchant un peu les mêmes sujets avec une méthode radicalement différente, il invite à une redécouverte des sens, des sensations, de la conscience de soi et, in fine, du positif et de la volonté. Toute une série de choses qui me parlent autant par ce que j'ai vécu depuis quelques mois à partir de la maladie que par l'expérience plus récente de ce *chemin*. « Vittoz » : je note cela dans un coin de ma tête pour approfondir plus tard.

***

J'ai le sentiment que cette semaine a été une vraie résurrection par la marche et dans la marche. Depuis quelques mois, elle était en ligne de mire. C'était formidable de la vivre en équipe dans cette atmosphère d'amitié. Les conditions étaient idéales sur tous les plans.

Cet élan qui nous a tous entraînés là-bas, ce bel élan collectif et solidaire, c'est sans doute ça qui m'a aidé à franchir vraiment le cap de la guérison.

A l'issue de ce voyage, je suis infiniment reconnaissant à chacun des membres de cette petite équipe. Pas un nuage sur notre route. Cette réussite collective a conforté la confiance en soi de chacun. Pour moi, c'était un moment clé. Au fil des kilomètres, j'ai digéré pas mal de choses.

Mes pieds, je le sais maintenant, ne fonctionneront sans doute plus vraiment comme avant. Je sais que je peux l'accepter. Je retournerai sans doute travailler, d'ici quelque temps, sans ambitions ni illusions et sans doute avec un certain décalage, mais je sais que je l'accepterai, ce qui sera nouveau pour moi.

Cette semaine m'a beaucoup appris. Une expérience pas simple à faire partager tout de même : toute une partie de ce que nous avons vécu échappe à ce court récit. Dans ce que j'y souligne, il n'y a, pour moi, rien d'exemplaire ; pas non plus d'exemple à suivre. L'expérience est unique, autant que les individus. Je doute de plus en plus des méthodes « enseignables ». À chacun de trouver sa voie, même si des témoignages peuvent aider.

En somme, cette semaine de marche, imaginée pendant la chimio, a finalement été un bon jalon sur le chemin de la convalescence, mais aussi sur celui du changement…

PARTIE III

… Et maintenant ?

Mon dernier mail a marqué le point final de ce carnet de route noirci au fil des jours, comme des croquis pris sur le vif. Je suis, depuis, de retour dans le monde des gens « en santé », tout au plus en convalescence. Et en cette période estivale, je ne fais plus trop de différence entre vacances et convalescence.

Ayant réuni mes mails et les ayant imprimés sous une forme lisible, je les ai soumis à un œil neuf, exigeant mais bienveillant et exercé à la lecture de manuscrits. Retour très positif, au cours d'un dîner excellent au restaurant du bourg : au-delà du plaisir de la lecture, c'est un témoignage sûrement utile à tous ceux qui sont confrontés au cancer et à la chimiothérapie – d'où l'intérêt de le rendre disponible mais, aussi, de répondre à la question sur laquelle le lecteur reste à ce stade : **et maintenant ?**

Eh oui ! Maintenant que je suis sorti depuis quelque temps déjà de l'œil du cyclone, que reste-t-il de tout cela, que me reste-t-il de cet essentiel que la maladie peut permettre de toucher, que reste-t-il de ce recul qu'elle autorise ? Que reste-t-il de cette saveur que prend la vie quand on est saisi par sa fragilité ?

Je reprends donc la « plume » pour tenter de mettre au clair, voire de décrypter, les impressions changeantes et quelquefois contradictoires de ces dernières semaines.

Le retour à la santé

Tout d'abord c'est l'euphorie, celle de l'annonce de la victoire sur la maladie, bien sûr, mais aussi celle liée à la récupération progressive de mes capacités physiques. J'ai, méthodiquement, marché ou pédalé un peu plus chaque jour, jusqu'à marcher 10 km à un rythme très soutenu.

Désormais réputé guéri, capable de marcher comme je l'aurais fait un an auparavant, je ne pouvais continuer à exprimer, comme je le faisais depuis quelques mois, mes sensations et mes douleurs : j'étais à nouveau passé du côté des « bien-portants ».

Chacun a ses souffrances, ses petits problèmes et l'on ennuie son entourage, même proche, à les évoquer trop.

Et pourtant c'est, bien plus qu'avant ma maladie, une part importante de mon attention et de mes préoccupations : de multiples douleurs me saisissent, de nuit surtout, très mobiles, très nettes ; des fourmillements dans les extrémités qui font place, petit à petit, à de sourdes sensations d'engourdissement au bout des doigts. La mobilisation du corps au petit matin ou après une période d'immobilité, se fait difficilement et douloureusement.

Face à tous ces symptômes, je me demande s'ils sont simplement dus à la remise en route de toutes ces cellules, de tous ces muscles, de tous ces tendons attaqués par la chimio. Je les espère provisoires et dégressifs. Mais, à vrai dire, la dégressivité se fait pour le moment attendre. Je ne peux m'empêcher d'y soupçonner quelqu'autre maladie à l'œuvre, évolutive et pernicieuse, sans beaucoup d'autres ressources pour le moment que de se donner le temps de la convalescence, éventuellement facilitée par quelques antalgiques, pour voir ce qu'il en restera au bout de quelques mois et porter alors un éventuel diagnostic.

C'est donc un *trait* très présent de mon paysage intérieur que ce concert quotidien de douleurs, certes assez supportables et que j'espère provisoires, mais qui génèrent, malgré tout, une sourde inquiétude.

Autre séquelle bien présente, l'audition : ces sifflements variables mais quasi-permanents, immatériels comme des fantômes de sons, qui redoublent dans un environnement bruyant comme un effet Larsen. L'ORL, la semaine dernière, m'a trouvé une acuité auditive nettement diminuée ;

il n'est pas certain que cela revienne. Si ce n'est pas trop gênant au quotidien à la campagne, cela pose en revanche un vrai problème en ville, ainsi que dans les réunions et les conversations un peu bruyantes. La seule chose à faire aujourd'hui est d'attendre que cela évolue – ou pas – pour porter un diagnostic plus précis.

Je vis donc une situation dans laquelle je n'ai, pour le moment et pour quelques mois encore, aucune activité professionnelle à assurer. Nous passons donc le plus clair de notre temps à Charny en menant, sans urgence et sans pression, des activités diverses et plutôt agréables.

Auparavant, je me serais efforcé de mettre à profit cette période pour en tirer parti au maximum, par exemple pour construire quelque chose. Je serais resté sous pression ; j'aurais échafaudé un nouveau projet, d'entreprise peut-être ; j'aurais repris des études, construit un nouveau bâtiment, effectué un voyage ambitieux.

Aujourd'hui, rien de tout cela ne me met sous pression ; c'est sans doute *là* qu'il y a un véritable changement. Le passage par la maladie m'a sans doute rendu plus disponible à la vie telle qu'elle se déroule, telle qu'on peut la goûter, pour autant qu'on la vive en conscience.

L'importance de l'accompagnement

J'ose à peine imaginer ce qu'aurait été cet épisode de la maladie et de la chimio si je n'avais été accompagné comme je l'ai été. Un « camarade » de chimio me disait qu'il s'attachait, chez lui, à oublier et à fairc oublier sa maladie. Le rythme était resté le même ; il veillait à maintenir les repas avec les enfants, à y participer ; personne n'y devait mentionner qu'il était malade. Il prenait tout sur lui, s'imposait d'aller un peu travailler et laissait les médecins faire leur travail sans trop chercher à comprendre.

En contraste avec la situation que je vivais, je me disais que tout cela devait être bien plus difficile pour lui. J'avais fait le choix inverse : mettre la maladie, et surtout la volonté de guérison, au centre de ma vie ; partager tout ça avec mon entourage proche, ma compagne, mes parents, mes enfants, mes frères et sœurs, mes amis… .

Il me semble, au total – je vais y revenir en détail – avoir été accompagné du mieux possible, par tous, par chacun dans son rôle ; les mails envoyés presque chaque semaine à nombre d'entre eux le retracent assez fidèlement.

J'ai l'impression, je l'ai dit souvent et écrit aussi, que la bataille engagée était un véritable travail d'équipe. C'est aussi par la force de cette équipe que j'ai finalement bien surmonté cette épreuve avec, à la clé, la disparition des métastases et le retour de la forme.

Mais cet accompagnement n'est pas venu par hasard ni de manière fortuite ou imposée. Je l'ai instinctivement recherché. J'aurais pu, comme dans l'exemple cité ci-dessus, ce « camarade » de chimio, garder les choses pour moi, pour mieux les faire oublier et mieux les oublier moi-même. J'aurais pu dire : « C'est mon affaire avant tout ; je reviendrai vers vous, ma femme, mes amis, ma famille, quand ça ira mieux ». J'ai au contraire été, dès le départ, assez transparent avec mes proches puis, de proche en proche, avec un nombre croissant d'amis, de relations, de collègues. J'étais dans une position de faire face plutôt que de subir et il m'était sans doute plus facile de faire comme ça – être transparent – que si j'avais, à l'inverse, adopté une position plus résignée.

La posture d'accompagnant que chacun a prise a donc été, me semble-t-il – au moins pour partie – un miroir de ma propre attitude, non pas de demande d'accompagnement d'ailleurs, mais tout simplement d'ouverture.

La « Compagnante »

La première concernée, c'est Christine : rapidement après l'annonce des métastases et de la chimio, la nécessité s'est imposée pour elle de se mettre totalement à ma disposition, pour adoucir ce que j'allais avoir à vivre et surtout pour favoriser la guérison.

Je n'ai pas senti l'ombre d'une hésitation, même à un moment où, juste après la découverte des métastases et avant le démarrage de la chimio, tout ceci paraissait assez virtuel : on se sent plutôt bien, sans plus de douleurs que celles auxquelles on s'est habitué progressivement depuis quelques mois. Les affres de la chimio, telles qu'on nous les annonce, restent quelque chose d'un peu abstrait et théorique.

Dans ce contexte, lorsqu'elle a pris la décision – immédiate – de se mettre à mi-temps pour pouvoir m'accompagner, cela m'a profondément touché. C'est grâce à des moments comme cela que la qualité de l'accompagnement s'installe ; la qualité et aussi l'acceptation, car cette dernière n'est pas automatique : il y a toujours la tentation de vouloir s'en sortir seul, de vouloir faire face à tout cela sans aide, de ne pas se mettre trop en situation de dépendance, voire de dette morale vis-à-vis de son conjoint.

Tout cela suppose une relation encore nourrie par beaucoup d'amour, pour qu'il y ait non seulement acceptation, mais acceptation spontanée et comme allant de soi.

Pour être tout à fait honnête, il faut dire aussi que sa situation professionnelle avait évolué du fait d'une de ces fusions brutales et mal (di)gérées et qu'elle entrevoyait là un brin d'oxygène bienvenu ; et que son directeur général qui, par ailleurs, me connaissait bien, avait lui-même vécu le cancer de son épouse jusqu'à la fin. Il s'est montré, de ce fait, particulièrement réceptif à cette demande de temps partiel.

Christine est donc passée tout de suite à mi-temps avec beaucoup de flexibilité, surtout pour pouvoir partir à la campagne entre les séances de chimio, au lieu de rester dans notre appartement parisien.

Ce passage à mi-temps a bien évidemment été essentiel. Je l'ai ressenti comme un très fort support, en appréciant le sacrifice financier que cela représentait. C'est surtout ce qui nous a permis de vivre à la campagne les périodes *inter-chimio*, dans un environnement beaucoup plus serein qu'à Paris, bien sûr, beaucoup plus calme, plus bienfaisant, mais aussi avec la présence d'amis, de CAP, dans une proximité plus grande que celle d'une grande ville.

Que ce soit à Paris ou à Charny et, plus encore sur le trajet entre les deux, Christine m'épargnait le moindre geste, voyant dans quel état d'épuisement j'étais : faire un repas bien sûr ; aller chercher un verre d'eau, apporter un livre… J'avais en permanence l'impression de faire l'objet de soins attentionnés. Manger était notamment un problème : difficulté à déglutir, nausées, difficulté à mâcher et, surtout, beaucoup d'aliments qui ne passaient pas… Malgré tout, elle trouvait des solutions, des saveurs adaptées, liquides s'il le fallait, avec beaucoup de patience et d'ingéniosité.

Ces moments difficiles ont été intenses : de compassion de sa part, de reconnaissance de la mienne.

J'ai senti plusieurs fois son émotion et son inquiétude comme palpables, lorsque, écrasé d'une extrême fatigue, j'avais besoin de m'asseoir après avoir fait trois pas, entre la voiture et la maison par exemple.

Je sentais que c'était lourd pour elle. Heureusement, dans ces moments-là, elle n'était pas seule. Ma mère, si elle n'était pas là, était au bout du fil. Et elles pouvaient échanger. C'est une vraie chance qu'elles s'entendent si bien. Par deux fois, ma mère est donc venue passer une semaine. Elle prenait dès lors plus que sa part des travaux domestiques et, surtout, elle était pour Christine une présence vivante, active et suffisamment loquace, ce qui compensait le mutisme léthargique qui m'avait saisi.

Le cercle familial et amical

Ma mère a donc eu sa part d'accompagnement, bien que vivant à distance. L'accompagnement d'un enfant, lors d'un cancer, est sans doute quelque chose de presque aussi fort que celui d'un conjoint et, dans certains cas, peut-être plus fort encore.

Bien évidemment la présence, l'attention, la sollicitude du reste de la famille – sœurs, frères, enfants– et des amis est, elle aussi, essentielle. J'ai largement utilisé les e-mails pour leur donner des nouvelles. Sous cette grande fatigue, avec des dizaines de personnes à « garder dans la boucle », cela s'est révélé bien plus adapté que le téléphone. Un e-mail dans lequel on met de soi, qui n'est pas un simple bulletin de santé, appelle une réponse vraie. Ainsi, le lien se renforce avec ceux pour qui ça compte. C'est un véritable scanner de la profondeur des relations.

Cette forme de communication devient une composante de l'accompagnement ; elle matérialise *l'esprit d'équipe*. Ce dialogue multiple qui se prépare en dialoguant avec soi-même, trouve sa place dans le dispositif d'accompagnement : l'écoute intérieure de ce que l'on a à dire, de ce que l'on se promet d'écrire, la lecture des réponses qui arrivent au fil des heures et des jours suivant l'envoi hebdomadaire ; des mots qui rebondissent sur ce que l'on se dit ensuite lorsqu'on se parle *en vrai*, à la clinique, pour ceux qui viennent m'y voir ; au téléphone pour les autres.

L'accompagnement a aussi pour effet positif d'éloigner ce sentiment de solitude que peut avoir le malade. C'est bon d'avoir des signes et des présences qui vous disent, de mille manières : « Non, tu n'es pas seul dans l'épreuve que tu vis. On est là. On est avec toi. On le vit avec toi… ». Ces longues heures en chimio auraient pu être des heures de solitude. Ça n'a jamais été le cas. Les visites étaient programmées parfois plusieurs semaines à l'avance et souvent même prévues d'heure en heure dans une matinée chargée. Aucune ne m'a semblé être une visite de convenance, apportant au contraire quelquefois des échanges d'une profondeur et d'une authenticité auxquels la vie ordinaire d'un « bien-portant » laisse rarement place.

Les professionnels

Bien évidemment, il y a le corps médical *imposé* : le spécialiste concerné – pour moi un urologue – l'oncologue, les radiologues. J'ai été soigné « en ville » ; pas en hôpital. Bien que répartis sur différents sites – hôpitaux, cabinets ou cliniques – ces différents professionnels, j'en ai eu le sentiment, travaillaient véritablement en équipe. Ils faisaient même référence à des réunions interdisciplinaires au cours desquelles ils avaient évoqué mon cas, s'appelant l'un l'autre facilement et fixant même les rendez-vous lorsqu'il y avait urgence, sans passer par les canaux habituels.

Certains malades, dans des cas analogues au mien, m'ont raconté à quel point ils accordaient *peu* de confiance au corps médical ; peut-être même avaient-ils *perdu* confiance. J'ai la chance d'avoir conservé cette confiance. Certes, j'ai eu quelquefois des doutes : la détection des métastases a été longue et laborieuse. En mon for intérieur, j'aurais pu les traiter – oncologue, urologues et autres radiologues – d'incapables. Finalement, je me suis fait à l'idée, au contraire, que la médecine étant loin d'être une science exacte, accepter les limites de la médecine permet de mieux apprécier les capacités des médecins ; et de garder la confiance vis-à-vis de son équipe médicale, ce qui est essentiel.

Mais il y a aussi l'accompagnement complémentaire médical ou paramédical; celui que l'on choisit, justement parce que la médecine a ses limites. J'ai vu et je vois toujours, régulièrement, juste pour faire le point, mon médecin généraliste. Une vraie relation de conseil à caractère amical.

Cela m'aide à conserver la confiance dans le corps médical. Nous avons quelquefois partagé nos questions, face aux protocoles proposés, quelquefois même partagé nos ignorances, face à telle ou telle éventualité. C'est bon d'avoir en face de soi un médecin qui admet qu'il ne sait pas tout, qui sait faire part aussi de ses doutes et de ses inquiétudes.

J'ai également choisi d'aller voir un acupuncteur. Il est spécialisé dans l'accompagnement des chimiothérapies, dans l'optique d'en diminuer les effets secondaires.

Mon ostéopathe aussi, avec beaucoup de bienveillance, a été pendant tout ce temps à l'affût des déséquilibres et des contractions parasites, pour que mon corps soit « au mieux » afin d'affronter l'agression salutaire de la chimio.

CAP Saint-Martin

Comme en *contrepoint* de tout cela – présence et attention amicale d'une part, soins médicaux et paramédicaux d'autre part – CAP Saint-Martin est devenu, au fil des semaines, une pièce essentielle de mon dispositif d'accompagnement, un contrepoint qui réussit à réunir à la fois un côté amical et des soins professionnels, avec un véritable plus : l'accueil du conjoint. Christine, *ma compagnante*, y était intégrée et accueillie, à l'égal d'un malade ; un point au fond très différent de ce qu'elle vivait avec le corps médical, bien sûr, avec l'accompagnement paramédical aussi et même – dans une certaine mesure – avec les amis.

Dans cette ambiance de liberté, de tolérance et d'écoute, on sait que chacun vit ou a vécu également des moments difficiles. On sait aussi, tous, que chaque expérience est unique, que nul n'a à donner ni à prendre de leçons des autres ; alors s'installe une forme d'accompagnement, dans le temps, discrète, peu formelle, mais importante, d'autant qu'il s'agit aussi, s'il le veut bien, d'un *accompagnement de l'accompagnant.* En effet, ce choix d'intégrer le conjoint dans l'accompagnement au sein de CAP est un point essentiel – sans doute l'un des choix fondateurs – et c'est particulièrement pertinent.

L'impact collatéral

Le rôle du conjoint est en effet central, délicat, difficile à vivre, et ceci probablement d'autant plus qu'il se dédie d'avantage à cet accompagnement.

Lorsque famille et amis, plein de bienveillance, demandent des nouvelles du patient – celui qui tient le devant de la scène – l'accompagnant qui œuvre si fort en coulisse, qui souffre aussi de cette situation, se sent délaissé, abandonné, laissé pour compte, oublié… L'essentiel n'est-il pas le malade et sa guérison ?

…Et « le reste » ? L'accompagnant, la manière dont il vit cela, son moral ? Qui s'en préoccupe ? Petit à petit, s'installe cette impression d'être quantité négligeable, de ne vivre que pour cette guérison espérée et, en tous cas, que pour atténuer les souffrances et faciliter la vie du malade. Par rapport à cela, tout devient secondaire ; le travail surtout devient secondaire et il s'éloigne.

Christine, je l'ai vu, a pris de plus en plus de distance par rapport à son travail réduit à mi-temps. C'était de moins en moins *sa* préoccupation, de moins en moins *une* occupation.

Même à mi-temps, elle n'avait plus grand chose à y faire… Tant il est vrai que le travail génère le travail. Et l'inverse aussi.

De ce fait, j'étais devenu, peut-être au-delà du souhait initial, son unique centre de préoccupation.

A tel point que, lorsque la forme est progressivement revenue chez moi, lorsque la rémission a bien été là, attestée par les images du scanner, toute cette énergie d'accompagnement, centrée sur le malade que j'étais, s'est trouvée comme inemployée et désormais sans objet.

Progressivement s'est réinstallé un équilibre dans lequel chacun prenait sa juste part des contingences quotidiennes ; mais celles-ci ont vocation à s'inscrire, le plus souvent, en arrière-plan d'une activité principale : c'est ce qui les rend supportables dans la durée. Pour moi, l'activité principale restait de me reconstruire, de retrouver la forme et ma capacité d'action… Il faut du temps pour se remettre d'une telle épreuve !

Mais pour Christine, pour ma *compagnante*, la sortie de la zone de turbulences s'est révélée délicate, pour une raison sans doute classique : après cette période finalement si intense de soutien quotidien et permanent et compte-tenu de la distance qui s'était créée avec son activité professionnelle, il y a eu comme un *trou d'air*. « Et maintenant : on fait quoi ? On va où ? Qu'est-ce qu'il y a d'important, maintenant que l'essentiel auquel on s'est consacré pendant quelques mois – la guérison – semble acquis » ?

Honnêtement, cette situation m'a pris de court, mettant un bémol sur la joie partagée de la fin du traitement et de la rémission.

Etait-ce évitable ? Est-ce systématique ?

Comme je l'ai souligné plus haut, son environnement professionnel, ce qu'était devenu son travail depuis la fusion et le transfert des activités, n'était pas de nature à constituer un contrepoids positif à ce qu'elle vivait au plan personnel. Dans d'autres circonstances, d'autres auraient pu faire d'une activité professionnelle l'occasion de se ressourcer, voire de se réfugier hors de la pression quotidienne de la maladie.

Mais de ce fait, semaine après semaine, mois après mois, son activité professionnelle devenant de plus en plus lointaine et épisodique, il n'y avait pas, pour elle, d'occasion de décompresser loin de moi et loin de la pression que je lui faisais vivre au quotidien.

C'est aussi ce qui explique que la sortie de cette période de turbulences de la chimio a pris la forme, pour elle, non pas d'une renaissance joyeuse, mais d'un enlisement progressif dans une morosité pesante et négative.

Revivre, mais aussi revivre en couple

Revivre vient tout seul. C'est ce qui est donné par la guérison ; c'est aussi ce qui est donné par la maladie, ou plutôt la remise en cause qu'elle génère. Revivre en couple, c'est une autre chose. Au fond, au cours de la période de la maladie, une certaine relation accompagnant/accompagné s'est substituée à la relation de couple : la relation d'un malade avec la personne qui l'accompagne.

L'un compte *plus* que l'autre, l'autre étant à son *service*. Celui-ci prend d'ailleurs bien plus que sa part des contraintes quotidiennes. Il assume ce que le premier ne peut assurer. Il s'abstient, au profit de l'autre, des plaisirs et des libertés. Les activités de couple – sortir, voir des amis, faire du sport – ne sont, pour un certain temps, plus vraiment possibles ; pas plus, bien évidemment, que des relations intimes.

Il faut, après la maladie, sortir de cette situation et reconstruire sa vie de couple. Il existe un certain confort, pour le malade, à cette prise en charge par l'autre, en particulier, des aspects matériels et contingents de la vie quotidienne ; mais il faut en sortir.

Il faut retrouver avec les autres un mode de relation dans lequel tout n'est pas ramené au patient. Il faut que chacun retrouve la place qui est la sienne, avec un juste équilibre, une valorisation de l'un et de l'autre qui ne soit plus marquée par la compassion liée à la maladie.

Quelle chance avons-nous eue, sur ce plan, d'avoir un couple d'amis si proche, si présent quasiment au quotidien, qui a su accompagner Christine autant que moi-même dans cette période !

Il faut aussi retrouver l'intimité qu'une libido en berne a laissé s'éteindre. Ce qui n'a rien d'automatique et qui n'est pas un dû ; d'autant qu'accompagnant et accompagné gardent des traces physiques et psychologiques de ces mois difficiles.

La reconquête passe par la progressivité, la séduction et les moments forts partagés… Passage délicat, mais, là encore, occasion de renouveau si on le vit en intention et en conscience ; cela fait simplement partie des choses à reconstruire, tout comme la forme, l'agilité et la capacité de travail.

Inutile de préciser que l'état de chacun, au sortir de « l'œil du cyclone », joue particulièrement sur la facilité psychologique ou non de cette reconstruction. Ce que nous vivons sur ce plan n'est pas des plus simples. Il sera temps, d'ici… quelque temps, une fois tout cela *dépassé*, d'en parler au … passé. En parler au présent serait déplacé.

Un déplacement de centre de gravité

La perfection de la musique – celle de Mozart – s'inscrit, comme une touche finale, dans le calme de cette fin d'après-midi, de ce paysage encore chaud de l'été récent.

Des doutes m'ont peut-être repris ces derniers jours ou en tous cas une attention plus soutenue aux douleurs et aux sensations. J'ai compris que la chimio pouvait atteindre durablement les extrémités nerveuses, créer de fait une poly-neuropathie dont on ne sort, parfois, qu'au bout d'un ou deux ans. Il n'existe aucun traitement allopathique, ni phytothérapeutique, semble-t-il… C'est plus gênant que véritablement invalidant et plus gênant dans l'inaction que dans l'action : au bout de deux heures sur un lit, dans une voiture ou dans un fauteuil, les extrémités s'engourdissent et les douleurs apparaissent.

Dans ces conditions, reprendre mon métier ne serait pas facile, d'autant qu'en réunion, mes oreilles sifflent. En somme, mon corps a généré des symptômes qui m'éloignent de mon travail antérieur… Comme si le message était : « Trouve autre chose, change de mode de vie… ».

De fait, depuis trois mois maintenant que je suis plus ou moins rétabli, je suis bien sur un autre mode de vie : où l'esthétique et la conscience comptent plus que le temps et l'efficacité.

Je ne veux ni ne peux en faire une règle générale, ni le proposer comme un modèle. Le temps et l'efficacité sont utiles, sur le plan collectif comme sur le plan individuel. Certains pensent qu'ils sont incontournables. D'autres, plus minoritaires, pensent qu'ils sont l'horreur absolue…

J'ai conscience de vivre un *déplacement de curseur*. Sans excès, mais significatif. Ça suffit à changer un centre de gravité. Et, à ce moment-là, ça bascule. Pour moi, *le point de bascule*, c'est cette expérience, sur le banc, à Boulogne, au retour de chimio, entre deux bus, alors que j'étais si las.

J'ai alors trouvé une forme de conscience, de relation à soi et au corps, qui, pour dépasser la fatigue et la douleur, s'appuie sur le « tout ». J'essaie de revivre cela ; j'essaie aussi de l'analyser et de le décrire pour mieux le comprendre et mieux *l'appeler*. Je ne sais d'ailleurs quel nom donner à cet état. Pour moi, juste pour moi, je l'appelle « état méta ».

Dans cet état, il y a, d'après mon expérience, une forme de détachement qui rend disponible ; disponible pour l'action, pour les autres, pour la beauté comme pour « l'air du temps ». A contrario, sur le mode *standard*, je suis comme en permanence attiré tour à tour par des aimants : quelque chose à faire, une envie de ceci, de cela, de ne rien faire, une obligation ou pseudo-obligation, avec la tension qui en résulte, cette sorte de combat intérieur, explicite ou implicite, entre faire de ne pas faire, dire ou ne pas dire…

Les sollicitations de l'environnement actuel sont pleines de ces aimants qui nous attirent, de ces objets de désir si bien mis en scène par la pub ou la mode, de ces histoires que l'on se raconte les uns aux autres pour mieux s'éblouir, pour mieux se valoriser.

Dans ce jeu d'aimants multiples qui attirent pour les uns, repoussent pour les autres, on est comme une boule dans un flipper : beaucoup d'énergie, de changements de direction ; tout ceci nous conduit, un peu plus tôt ou un peu plus tard, vers une fin inéluctable … *Celui qui a le plus de points au compteur quand il meurt a gagné !*

Au fond, la chimio m'a ouvert une fenêtre sur un autre *mode de vivre*, parce que, simplement, pour quelque temps, les *ressorts* qui permettent de rebondir de *bumper* en *bumper*, de désir en plaisir, de peurs en craintes, ces ressorts se sont éteints, au moins momentanément…

En somme, l'essentiel *apparaît* lorsque tout ce qui parait nécessaire s'est effacé. C'est pourquoi la maladie, comme le désert et la retraite, sont favorables à son éclosion. A peine s'estompent-ils que le nécessaire envahit le quotidien.

Un nouvel état de conscience

C'est cela – cette question de la conscience – l'écueil que j'ai dû éviter les premiers jours de la convalescence où, la pression de la maladie ayant disparu, j'ai commencé à être réabsorbé par des activités quotidiennes ; il m'a fallu un véritable effort de conscience et de volonté pour, sans changer la nature de mes activités, changer la manière dont je les vivais. C'est à ce prix que tout ceci peut rester durable, c'est à ce prix que l'on peut éviter, dans un contexte particulièrement doux et tranquille, la frustration d'un quotidien vidé de son sens.

Etre passé par ces moments de faiblesse extrême, c'est avoir expérimenté cette *autre* relation à soi-même. Le corps n'a plus les ressources pour répondre à l'effort, à la contrainte de l'effort, à ce diktat d'une volonté, d'une idée fixe ou d'un besoin de conformité… On ne peut pourtant se résoudre à l'inaction.

Il faut donc passer par la légèreté, par le découplage de l'esprit et du corps, passer par le recul, par une vision plus globale qui intègre à la fois soi-même et l'environnement, qui intègre le présent, le passé et l'avenir proches.

Un *état d'être* dans lequel on peut, en y focalisant son attention, dissoudre les points de tension, les points d'opposition – là où l'effort se fait contre soi-même – ce qu'on ne peut se permette de faire si l'on doit vraiment s'économiser.

Voilà donc un changement qui s'est opéré en moi et qu'il faut veiller à ne pas estomper ; qu'il faut sans doute entretenir, comme un feu dans l'âtre : cette prise de conscience que ce n'est pas tant ce que l'on fait qui a du sens que la manière dont on le fait. Et peut-être aussi, ce n'est pas tant ce que l'on dit que la manière dont on le dit.

Formulé comme ca, cela peut paraître simpliste, paradoxal et fallacieux. Il faut y ajouter la notion de *changement de niveau* : lorsqu'au retour de chimio, assis sur un banc et assommé de fatigue, je reprenais mon souffle, je m'efforçais de changer de niveau, de mettre ma conscience « au-dessus » de mon corps, de relativiser douleurs et fatigues perçues, presque comme si c'était celles d'un autre. J'y trouvais une légèreté nouvelle, une légèreté de l'esprit et peut-être aussi de l'âme.

Et la capacité de goûter le rayon de soleil qui me caressait, la beauté de la lumière…

J'ai veillé, maintenant que les choses vont mieux, à recréer, au minimum de temps à autre, ce changement de niveau. Mais cette fois, plus par volonté que par nécessité, plus par libre arbitre que pour échapper à des sensations douloureuses. Curieusement, ce changement de niveau, c'est-à-dire cette forme de détachement, amène en retour une conscience accrue des sensations corporelles ; accrue mais différente. Ce n'est donc pas, bien au contraire, une manière de *partir dans sa tête*, d'être ailleurs et absent. C'est d'avantage une manière d'être *plus* présent et *mieux* présent.

Est-ce une forme de méditation, de prière ? Nommer cette expérience n'est pas simple et lui attribuer tel ou tel qualificatif n'apporte qu'un risque d'incompréhension. Mieux vaut chercher à la décrire : c'est la tension qui se transforme en attention, une attention dont le point d'application se déplace et s'élargit. Elle s'éloigne, sans pour autant les quitter, du corps et des préoccupations *terre à terre* immédiates. Elle se transforme en une conscience du tout, comme si l'espace s'élargissant – ou se contractant – un point devient la même chose que partout, comme un regard qui englobe tout l'espace tout en fixant un point.

Les tensions du corps se résorbent, comme si les regarder avec cet œil un peu extérieur et lointain, attentif, compatissant mais sans aménité, les faisait fondre… La souplesse et la légèreté retrouvées rendent l'action plus facile : une action empreinte de plaisir, du plaisir de faire, sans souci du résultat qui ne viendra que par surcroît. Les gestes se ralentissent, s'assouplissent, comme dans l'esprit du *taï-chi*, c'est-à-dire d'un mélange subtil de décontraction, de précision, de fluidité, de concentration, ne cherchant autre chose que le plaisir du mouvement.

L'apport de la sophrologie ? Du taï-chi ?

La pratique du *taï-chi* m'a sans doute aidé. Même si j'ai dû l'interrompre largement pendant la chimio. L'accessibilité de la discipline permet d'y revenir facilement, même lorsque la condition physique n'est pas encore là.

Nous avions démarré en septembre, c'est-à-dire après l'opération de la tumeur initiale. J'avais, quelque part, l'intime conviction que tout n'était pas fini. Et le *taï-chi* était une activité physique plus accessible que d'autres, telle que la course à pied que je n'avais pas réussi à remettre en route.

Nous avons eu la chance d'avoir un enseignant remarquable, l'un des rares français ayant, dans sa jeunesse, été formé de manière approfondie au Japon. Avec sa voix douce, à peine audible, il instillait dans les cours un niveau de concentration, d'attention et de respect extraordinaires.

La chimio m'a privé de la fin des cours, mais nous avons poursuivi sur cette belle lancée. Il m'est arrivé de dérouler un taï-chi *mentalement*, quand j'étais trop faible pour le faire *physiquement*. Au sortir de la chimio, j'ai été content de retrouver, progressivement, ces mouvements lents, légers mais profonds. En revanche, l'habitude de le faire quotidiennement, que j'avais réussi à instaurer auparavant, a eu du mal à revenir.

La sophrologie m'a beaucoup aidé également. Le protocole enregistré que m'avait laissé Frédérick, le sophrologue de CAP Saint-Martin, m'a souvent aidé, lors des séances de chimio, à me mettre dans un bon état de réceptivité.

A partir de cela et à travers une interprétation personnelle de ces pratiques, j'ai surtout développé une écoute intérieure des organes, des tensions, des douleurs, en m'appuyant aussi sur le *reiki* auquel Isabelle nous avait initiés, Christine et moi.

Cette combinaison de pratiques m'aide à atteindre de profonds états de décontraction, de conscience aussi, dont je ressens longtemps les effets bénéfiques et dont je pressens la capacité de réparation des dysfonctionnements qui se sont installés.

Renforcées à la suite de l'expérience de la chimio, ces pratiques sont donc revenues habiter mon quotidien ; pas autant que je le souhaiterais, pour le moment, et plus facilement dans le calme et le silence de la campagne.

… Qu'en sera-t-il lorsque j'aurai repris une activité plus intense, alors que c'est à ce moment-là que ce sera sans doute encore plus utile ?

Le regard sur la maladie et sur la santé

J'avais toujours gardé une distance par rapport à la maladie et aux malades. Je veux dire, par rapport aux maladies *graves* et aux personnes *gravement* malades. Comme si ces dernières étaient, même s'il s'agissait de proches, d'un *autre* monde. Un monde dont je ne m'approchais pas trop, comme s'il y avait quelque chose de *contagieux* là-dedans. Moi, je faisais partie du monde des bien-portants, de ceux pour lesquels la santé va de soi. A tel point qu'on ne la ménage pas vraiment : on a trop à faire, à gagner, à réussir… Ne perdons pas de temps !

Je mesure aujourd'hui la richesse de ce qu'a vécu quelqu'un qui est passé par une maladie lourde comme un cancer. J'ai rencontré des personnes débordant de joie et de vitalité après ce genre d'épreuve. Je comprends que, même au sein d'une maladie grave et/ou d'un handicap lourd, peuvent se nicher plaisir de la vie, bonheur d'exister et que, de ce fait, l'échange peut être riche.

La santé – ma santé – ne m'apparaît plus comme quelque chose d'inné et d'acquis de manière définitive. Je suis devenu très sensible à tout ce qui peut la *conditionner* et, en premier lieu, l'alimentation. Maintenant, je suis révolté par ce que l'offre alimentaire banale, faite d'habitudes, de conditionnement, de marketing, nous impose comme nuisances et comme carences.

Le fait qu'un tiers des cancers les plus fréquents résulte d'une « dys-alimentation » m'est insupportable. En revanche, la richesse et la diversité des bienfaits des plantes me sont émerveillement. J'ai soif de les explorer et de les exploiter.

Retrouver, régénérer et entretenir sa santé prend du temps. Ce temps, il faut surtout le « voler » aux *voleurs de temps :* les loisirs passifs, les temps morts, les actions inutiles, brouillonnes, désordonnées. Cela demande aussi de la constance et de la détermination. Prendre un complément alimentaire tel que la *spiruline*, des enzymes ou des vitamines, ce n'est pas *ça* qui demande du temps, ni beaucoup d'argent. Prendre dix minutes pour faire un mouvement de *Taï Chi*, une méditation, quelques étirements ou encore un cycle de sophrologie, ce n'est pas *ça* non plus qui prend du temps. Mais cela prend *du calme*. De la concentration. Ce calme et cette concentration que cela apporte également en retour. D'où une vraie difficulté à entrer dans ce cercle vertueux. En somme, c'est autant un témoin – signal positif ou négatif – qu'un moyen d'action.

Suis-je capable aujourd'hui de dix minutes de calme, quelle qu'en soit la forme ? Non pas dix minutes d'activisme passif, comme parcourir un journal en prenant un café et en écoutant la radio, mais dix minutes de réceptivité active : ne rien faire d'autre que de respirer, regarder et sentir.

A chaque journée sa réponse !

En la matière, seul le quotidien compte, c'est-à-dire ce qui s'inscrit de matière suffisamment régulière et répétitive dans ce quotidien pour produire un effet bénéfique et durable.

La place du travail

J'ai longtemps vécu avec un engagement professionnel fort. Il m'est toutefois arrivé de vivre de courtes périodes au cours desquelles j'avais mis cet engagement entre parenthèses. Effectivement, cela s'est bien révélé n'être que des parenthèses : elles furent vite refermées. Dès mon retour en selle, passion et engagement se sont réinstallés.

Sur cela, aucun jugement de ma part, en tous cas pas négatif. Plutôt la conscience d'un conditionnement, mais pas seulement : c'est aussi une force.

Etant loin depuis un an de toute activité professionnelle, je m'en suis, d'autant plus, éloigné psychologiquement. L'envie de reprendre m'a quitté, mais je sais qu'elle n'est pas tapie bien loin et qu'elle peut resurgir de l'ombre. Est-ce que je le souhaite ? Est-ce que je veux lui donner cette « chance » ?

Pas vraiment : au-delà de ces envies et de ces capacités, au moins momentanément disparues, la dimension philosophique du travail – c'est-à-dire le sens et l'apport profond du travail tel que je pouvais le pratiquer – m'importe aujourd'hui beaucoup plus ; l'âge avançant, je ne me sens plus en situation de faire l'impasse là-dessus.

Il ne s'agit, surtout pas, de remettre en cause la nécessité du travail, du travail productif et rémunéré, tellement central dans la société d'aujourd'hui. Il s'agit plus de remettre en cause le rôle très central que je lui ai donné depuis quelques décennies. Il y a un jeu, dans la vie des affaires – dans le management, le marketing, la conception et le lancement de produits, dans la finance, dans les réseaux d'influence et de pouvoir – il y a un jeu auquel on peut *se prendre*, avec cette passion de gagner, de *tenter sa chance*, d'inventer, de défricher. Mais est-ce si central ? La maladie, les problèmes de santé, la disparition de certains, nous met face à des sujets plus essentiels que ces *jeux* cent fois répétés.

Au fond, le travail ne devrait pas être *confisqué* par l'argent. Je veux dire par là que la motivation financière ne devrait pas être l'unique motif de travail, ni justifier n'importe quel travail. Les motivations financières sont devenues des puits sans fonds. Ces dernières décennies ont vu exploser la possibilité d'accéder aux rémunérations les plus hautes, que ce soit dans le management, dans la finance ou dans l'entrepreneuriat. Et l'offre de luxe, surabondante, omniprésente, a pu renforcer l'attrait pour ces hautes rémunérations. La course aux bonus, aux augmentations et aux plus-values s'est généralisée avec, en perspective, une maison de plus dans quelqu'endroit de rêve, une voiture de luxe – ou un bateau, ou un avion – des voyages au bout du monde, y compris dans l'espace.

Et face aux contraintes, aux pressions et aux douleurs que génère une vie professionnelle intense et profitable, ces *morceaux de luxe*, tels des grains de bonheur sur étagère, apparaissent comme des compensations bien méritées et qui permettent de supporter l'insupportable.

Il me semble aujourd'hui, quand je dis que le travail ne doit pas être confisqué par l'argent, que l'argent ne devrait plus figurer au rang des motivations principales. Ce qui veut dire : savoir limiter le besoin d'argent. Ceci ouvre la voie à la limitation du besoin de travail rémunéré ; et permet de se limiter à des niveaux d'activité et à des types d'activés *non destructrices*, mais apportant un niveau de rémunération suffisant.

Par la même occasion, ceci offre une ouverture au travail non rémunéré. Par là, je ne veux pas désigner simplement le bénévolat, même s'il est important. Il y a aussi l'auto-production, l'échange de services, la pratique, dans une optique professionnelle et pas seulement dite « de loisir », d'activités sportives ou culturelles. Bref, tout ce qui ne rentre ni dans le PIB, ni dans la génération de TVA.

On m'objectera que tant de gens ont du mal, malgré tous leurs efforts, à gagner juste de quoi vivre ou survivre, qu'une telle optique est quelque peu utopique ; en tout cas celle d'une élite.

Il y a effectivement, notamment dans les médias, une forme *d'arbitraire intellectuel* qui met systématiquement en avant les plus pauvres, les plus malheureux et les plus démunis et, assez fréquemment aussi – comme pour rééquilibrer – les plus riches, les plus chanceux, les plus nantis. Mais la moyenne, le plus grand nombre, intéresse peu. Il faut des extrêmes pour émouvoir. Echappons à ce miroir déformant : la réalité la plus fréquente, c'est cette spirale de plus de travail pour plus d'argent, pour plus de consommation, plus de confort, plus de loisir, voire de luxe : explosion des marques, des sommes consacrées aux téléphones, à Internet, aux photos, aux médias, à la restauration *hors-foyer*, aux spectacles, à la beauté du corps, au bien-être, aux sports, aux voyages lointains… quitte à se restreindre sur le logement et même l'alimentation ou la santé.

« Travailler plus pour gagner plus » : c'est peut-être politiquement attractif. C'est, à mon avis, philosophiquement faux. Je préfère : « Travailler juste pour gagner juste »; le juste étant à la fois l'inverse d'injuste ; et s'opposant à trop ainsi qu'à trop peu.

La nature des relations

Un échange profond, authentique a toujours été pour moi une pépite, un moment précieux. Dans les temps difficiles de la chimio, cela a été des rayons de soleil qui, certes, me coûtaient de l'énergie mais, d'une certaine manière, me nourrissaient. Les masques et les fredaines des relations courantes m'ont vite lassé, puisant mon énergie sans m'en apporter. Je les détecte vite. Auparavant, j'y cherchais valorisation personnelle ou intérêt.

Comme tout le monde, j'allais dire ; en tout cas, comme beaucoup.

J'ai donc réappris à apprécier le plaisir d'une rencontre, d'un échange, dans lequel chacun livre une partie de soi-même. Quand, au cœur d'une grande fatigue, bien des occupations sont inaccessibles ou simplement insipides, de telles rencontres sont des joyaux qui ressortent, qui retrouvent l'éclat qui est le leur, habituellement caché sous une gangue de *divertissements*.

En contraste, les relations convenues, superficielles, aux scénarios pré-écrits et répétés cent fois, m'ennuient et m'usent, de plus en plus. Ce n'est pas non plus la densité intellectuelle qui compte, même si je sais l'apprécier, c'est plus simplement la présence et son authenticité. Ai-je à faire à une personne qui ose se montrer, ou à un simple clone, un double de toutes les influences subies et des modèles projetés ?

Longtemps, *mon temps* m'est apparu comme mon bien le plus précieux. Le donner, c'était le perdre. Il faut dire que je l'avais, pour l'essentiel, vendu. La maladie, puis surtout la convalescence, m'ont fait retrouver du temps pour moi et le plaisir de le donner. Pour aider quelqu'un, pour participer à une action.

Le don de temps, l'action pour autrui, c'est toujours un échange. La réciprocité, en outre, arrive, un jour, d'ici ou d'ailleurs. C'est loin d'être seulement bilatéral. S'habituer à donner, c'est aussi s'habituer à recevoir. Ca simplifie : ni calcul, ni négociation.

Le retour viendra, un jour, peut-être, de là ou d'ailleurs et, au fond, ce n'est pas le problème.

Charny, 2011

N'hésitez pas à réagir sur le site du livre :

www.a-travers-un-cancer.jimdo.com

Remerciements

Ce livre s'est construit petit à petit, s'appuyant sur l'attention, l'affection et les réactions de tous ceux, famille et amis, à qui j'ai parlé de ce que je vivais pendant ma chimiothérapie. Il doit aussi beaucoup aux réactions très encourageantes de Camille et d'Hubert Reeves à la lecture d'une première version, ainsi qu'à celle des amis de l'association CAP Saint Martin qui m'a beaucoup aidé pendant cette période.

Qu'ils soient ici tous remerciés :

Alain, André, Antoine, Bastien, Bertrand, Camille, Cathy, Chantal, Christine, Christophe, Claudette, Denis, Emmanuel, Fabrice, Fleur, Florence, François, Frédéric, Frédérick, Gabriel, Gilles, Gérard, Henri, Hubert, Isabelle, Isabelle… et Isabelle, Jacqueline, Jean-B-Marc, Jean-Marie, Jean-Marc, Jean-Michel, Jérôme, Jocelyne, Laure, Lauren, Laurence, Luc, Luc, Marie, Marie†, Marie-Claude, Pica, Nicolas, Patrick, Patrick, Paul, Pauline, Renaud, Sandrine, Sophie, Véronique, Virginie, Viviane, Xavier.

… Avec un remerciement tout particulier pour les relecteurs, Laurence, Gilles et Christine, ainsi que Florence et Marie pour leurs apports précieux.

Ouvrages cités

[1] L'Univers Expliqué à mes Petits-Enfants
Hubert REEVES, Le Seuil, 2011.

[2] Anticancer
Les gestes quotidiens pour la santé du corps et de l'esprit
David SERVAN-SCHREIBER, Robert Lafont, 2010.

[3] La Force de l'Optimisme
Apprendre à faire confiance à la vie.
Martin SELIGMAN, InterEditions, 2008.

[4] Un Voyage Immobile
L'Himalaya vu d'un ermitage
Matthieu RICARD, Éditions de La Martinière, 2007.

[5] La Présence Pure
Christian BOBIN, Éditions Le temps qu'il fait, 1999.

[6] Les Fourmis
Bernard WERBER, Albin Michel, 1993.

[7] Op. cité.

8 Revivre !
Guy CORNEAU, Editions de l'Homme, 2011.

[9] Service Compris 2.0
360 idées pour améliorer la qualité de service à l'heure d'internet Philippe BLOCH, Ventana, 2011.

[10] Service compris
Philippe BLOCH, Hachette, 1986.

Éditeur : Books on Demand GmbH,
12/14 rond point des Champs Élysées,
75008 Paris, France

Impression : Books on Demand GmbH,
Norderstedt, Allemagne

ISBN : 978-2-8106-2510-9
Dépôt légal : Juin 2012